D1925776

Anika Krüger
wurde 1976 in Hannover geboren, studierte in Göttingen Germanistik, Publizistik und Volkskunde und war danach als freie Mitarbeiterin im Landesmuseum Braunschweig im Bereich Museumspädagogik tätig. Geschichten zu schreiben ist ein Kindheitstraum von ihr, den sie sich jetzt erfüllt hat. Seit 2000 lebt sie mit ihrem Mann in Braunschweig.

Anika Krüger

Charlotte & Pauline und die Erpresser *

07/1318

ausgemustert
Gemeinde Lehre
Bücherei Lehre
Marktstraße 10
38165 Lehre

UEBERREUTER

ISBN 3-8000-5148-6
Alle Urheberrechte, insbesondere das Recht der Vervielfältigung, Verbreitung und öffentlichen Wiedergabe in jeder Form, einschließlich einer Verwertung in elektronischen Medien, der reprografischen Vervielfältigung, einer digitalen Verbreitung und der Aufnahme in Datenbanken, ausdrücklich vorbehalten.
Umschlagillustration von Martina Theisen
Umschlaggestaltung von Werkstatt · München / Weiss · Zembsch
Copyright © 2005 by Verlag Carl Ueberreuter, Wien
Druck: Druckerei Theiss GmbH, St. Stefan i. L.
1 3 5 7 6 4 2

Ueberreuter im Internet: www.ueberreuter.at

Der Neue

Wie schrecklich langsam doch manchmal die Zeit vergeht! Charlotte schaut schon wieder auf die Uhr, aber die Zeiger haben sich kaum von der Stelle bewegt. Immer noch fünf Minuten bis zum Klingeln. Ungeduldig wartet sie darauf, dass die letzte Stunde an diesem endlos langen Schultag zu Ende geht.

An der Tafel steht Herr Pfeiffer und erklärt umständlich eine Matheaufgabe. Er redet mit seiner schnarrenden Stimme auf die Kinder ein, aber Charlotte hört schon längst nicht mehr zu.

Wenn es doch endlich läuten würde!

Der Lehrer diktiert jetzt die Hausaufgaben. Außer Charlotte schreiben alle mit und packen dann ihre Hefte und Bücher zusammen. Charlottes Bücher sind längst in ihrer Schultasche verschwunden. Sie sitzt angespannt auf ihrem Stuhl, die Hand schon am Griff der Tasche, und wartet nur auf das Zeichen des Lehrers.

Sie will unbedingt noch mit Jan reden.

Jan ist seit heute in ihrer Klasse. Er ist mit seinen Eltern gerade erst nach Braunschweig gezogen und musste deswegen mitten im Schuljahr in eine neue Schule wechseln. Es scheint ihm nicht sehr viel auszumachen, dass er hier noch niemanden kennt. Schon in der ersten Pause war er von den anderen Jungen umringt und hat sich sehr lebhaft mit ihnen unterhalten.

Charlotte stand mit ihren Freundinnen etwas abseits und hat dieses Schauspiel beobachtet. Dabei hat sie angestrengt darüber nachgedacht, wie sie es anstellen könnte, selbst mit Jan ins Gespräch zu kommen, denn er gefällt ihr ziemlich gut!

Leider wurde er auch in der zweiten großen Pause von den anderen Jungen belagert, sodass sich Charlotte nicht getraut hat ihn anzusprechen. Es war ihr auch immer noch kein guter Einstieg eingefallen. Inzwischen aber weiß sie, was sie ihn fragen kann.

Herr Pfeiffer sieht gerade prüfend auf seine Uhr, die er zu Beginn der Stunde abgenommen und vorne auf den Lehrertisch gelegt hat. Er nimmt sie in die Hand, zögert einen Moment, als hoffe auch er, dass es endlich klingeln möge, und sagt dann seufzend: »Die Stunde ist zwar noch nicht ganz zu Ende, aber dann geht jetzt mal nach Hause, Kinder …« Alles, was er sonst noch sagt, geht im allgemeinen Lärm unter, den die Klasse jetzt veranstaltet. Sechsundzwanzig Stühle werden zurückgeschoben, sechsundzwanzig Kinder eilen nach draußen und unterhalten sich dabei lautstark. Keiner achtet mehr auf den Lehrer, am wenigsten Charlotte, die sofort zu Jan stürmt und ihm auf die Schulter tippt.

Jan dreht sich um und sieht sie erstaunt an.

»Hallo, ich bin Charlotte!« Charlotte lächelt ein bisschen verlegen und streckt Jan die Hand hin. Der nimmt sie, schüttelt sie kurz und lächelt auch.

»Jan«, sagt er und wird tatsächlich ein klein wenig rot.

»Weiß ich doch!« Charlotte grinst und ihre Befangenheit ist wie weggeblasen. »Also, ich hab vorhin mitgekriegt, dass du gerne Musik machst, und da dachte ich, du hast vielleicht Lust, mit zum Chor zu kommen. Ich singe nämlich im Kinderchor am Braunschweiger Dom, das macht total viel Spaß. Und da sind nicht nur Mädchen dabei, auch viele Jungs. Jonas und Martin zum Beispiel.« Charlotte zeigt auf zwei Jungen, die gerade ihre Ranzen nehmen und aus der Klasse gehen. Der eine hat leuchtend rote Haare und unglaublich viele Sommersprossen. Er reicht seinem Freund, der eine Brille trägt, nur bis zur Schulter. Die beiden grinsen frech, als sie Charlotte auf den Neuen einreden sehen, aber die lässt sich davon nicht beirren. »Wir üben gerade für ein Musical, das soll noch vor den Sommerferien aufgeführt werden. Vielleicht gibt es ja noch eine Rolle für dich. Im Chor zu singen ist aber auch okay, ich habe auch keine Hauptrolle abgekriegt.« Charlotte stockt, weil sie Luft holen muss. Gerade als Jan etwas sagen will, redet sie weiter: »Oh, die anderen sind ja alle schon draußen. Wir sollten besser auch gehen.« Sie nimmt ihre Tasche und gemeinsam gehen sie hinaus, wobei Charlotte Jan eifrig weiter vom Chor und dem geplanten Musical erzählt. Erst am Schultor bleibt sie stehen. »Wo wohnst du, Jan?«, fragt sie und Jan hat jetzt zum ersten Mal die Gelegenheit, auch etwas zu sagen.

»Husarenstraße«, sagt er grinsend, »und du?«

»Messeweg«, antwortet Charlotte und macht ein enttäuschtes Gesicht. »Genau die entgegengesetzte Richtung.«

»Ab morgen komme ich sowieso mit dem Rad«, meint Jan, »nur heute wollte mich meine Mutter unbedingt bringen, wegen der neuen Schule und so.«

Charlotte nickt verständnisvoll. »Also, wenn du Lust hast, Probe ist immer Dienstag- und Freitagnachmittag«, sagt sie.

Jan nickt. »Ich werd's mir überlegen. Bis morgen dann!«

Charlotte schaut ihm nach und beobachtet, wie er auf der anderen Straßenseite in einen roten Sportwagen steigt.

»Charlotte, jetzt komm endlich, ich hab tierischen Hunger«, hört sie Pauline rufen.

»Ich komme ja«, brummelt sie und setzt sich langsam in Bewegung.

Pauline wartet ein paar Meter weiter auf sie. »Los, wenn wir uns nicht beeilen, ist die Bahn weg, und ich habe keine Lust, noch zehn Minuten auf die nächste zu warten«, meckert Pauline drauflos. »Was wolltest du überhaupt von dem?«

»Ich hab mich nur ein bisschen mit ihm unterhalten. Er ist schließlich neu und zu Neuen sollte man besonders nett sein, finde ich«, antwortet Charlotte ungehalten.

Pauline sieht zu ihr hinüber und zieht spöttisch eine Augenbraue hoch. Eine spitze Bemerkung verkneift sie sich aber. Bei allen Unterschieden ist Charlotte doch ihre Zwillingsschwester, und obwohl die beiden Mädchen sehr viel Wert darauf legen, nicht als doppeltes Lottchen behandelt zu werden, sind sie trotzdem die besten Freundinnen und kennen sich gegenseitig so gut wie kein anderer. Deswegen weiß Pauline, dass es jetzt besser ist, nichts mehr zu sagen. Auch Charlotte sieht das Thema Jan als beendet an. Gemeinsam laufen sie los, um die Straßenbahn noch zu erwischen.

Beim Mittagessen kommen die beiden Mädchen allerdings doch wieder auf den Neuen in ihrer Klasse zu sprechen.

»Martin hat gesehen, dass er mit einem Sportwagen zur

Schule gebracht wurde«, berichtet Pauline, »deswegen haben sich die Jungs so für ihn interessiert. Und dann hat er ihnen auch noch erzählt, dass sein Vater als Ingenieur bei Schuberth arbeitet.«

»Hat der etwa den neuen Helm für Michael Schumacher entwickelt?«, platzt Charlotte fassungslos heraus, obwohl sie den Mund voller Kartoffelbrei hat, und erhält dafür einen strafenden Blick von ihrer Mutter. Aber weil auch die gerne wissen möchte, ob Jans Vater am Schumi-Helm beteiligt war, sagt sie ausnahmsweise nichts.

Pauline hat mal wieder nur einen spöttischen Blick für Charlotte übrig. »Den entwickelt doch nicht einer alleine, dafür gibt es ein Team und noch dazu ein ziemlich großes«, bemerkt sie ein wenig überheblich, sodass jetzt Charlotte eine Grimasse zieht. »Aber Jans Vater ist wohl tatsächlich in dem Team«, fährt Pauline unbeeindruckt fort, »jedenfalls behauptet Jan das.«

»Wenn er das sagt, wird es schon stimmen, warum auch nicht«, mischt sich jetzt Frau Lehmann ein. »Wie ist er denn sonst so, dieser Jan?«

Pauline grinst frech zu ihrer Schwester hinüber. »Das soll dir mal lieber Charlotte erzählen«, sagt sie und lehnt sich genüsslich auf ihrem Stuhl zurück.

Charlotte wird rot. »Ganz nett«, murmelt sie nur.

»So so, ganz nett«, meint Frau Lehmann vielsagend und versucht ein Lächeln zu unterdrücken.

»Charlotte hat ihn schon gefragt, ob er nicht mit zum Chor kommen will und ihm dabei einen Blumenkohl ans Ohr gequatscht«, berichtet Pauline.

Charlotte wirft ihr einen wütenden Blick zu, kann aber

nichts erwidern, weil sie sich gerade eine sehr volle Gabel Gemüse in den Mund geschoben hat.

»Das ist doch sehr nett von Charlotte«, sagt Frau Lehmann, jetzt wieder ernst, und nickt ihrer Tochter zu.

»Ja, tatsächlich, sehr nett«, meint Pauline ironisch.

Frau Lehmann betrachtet nachdenklich ihre beiden Töchter, die jetzt die Köpfe über ihre Teller gebeugt haben und schweigend essen. Manchmal kann sie selbst kaum glauben, dass diese beiden ungleichen Mädchen tatsächlich Zwillinge sind. Obwohl sie sogar eineiig sind, verwechselt sie schon längst niemand mehr.

Pauline spürt den Blick ihrer Mutter, schaut kurz auf und streicht sich eine lange Haarsträhne aus dem Gesicht.

»Habt ihr viele Hausaufgaben?«, wechselt Frau Lehmann das Thema.

Pauline schüttelt den Kopf, da stöhnt ihre Schwester schon: »Total viel!«, und rauft sich mit beiden Händen die kurzen Wuschelhaare. Sie ist froh, dass sie jetzt erst einmal über etwas anderes reden kann als über Jan. Außerdem sind Hausaufgaben ihr Lieblingsthema.

Seitdem die beiden in die fünfte Klasse gehen, schimpft Charlotte andauernd über die vielen Aufgaben, die sie zu Hause erledigen sollen. Sie sitzt nicht gerne in ihrem Zimmer über den Büchern, sondern ist lieber draußen im Wald oder auf dem Sportplatz. Hauptsache, sie kann sich bewegen. Auch jetzt rutscht sie schon wieder unruhig auf ihrem Stuhl hin und her. Kaum hat sie den Rest des Gemüses hinuntergeschluckt, das sie sich gerade in den Mund gesteckt hatte, sprudelt auch schon der ganze Ärger über die verlorene Zeit, die sie jeden Tag mit Hausaufgaben verbringen muss, aus ihr heraus. Wie immer redet sie laut und anscheinend ohne Luft zu holen. Als sie mit einer ausladenden Handbewegung andeuten will, wie viel zu lesen Herr Wacker, der Deutschlehrer, heute wieder aufgegeben hat, wirft sie fast ihr Saftglas um. Sie kann es gerade noch auffangen, aber schon im nächsten Moment schwankt es wieder bedenklich, aber Charlotte kümmert sich nicht weiter darum.

»Und dabei wollte ich doch vor dem Volleyballtraining noch ins Tierheim, um mit Merlin spazieren zu gehen«, klagt sie jetzt. »Findest du das nicht auch total ungerecht von Herrn Wacker?«

Pauline zuckt nur mit den Schultern und isst in aller Seelenruhe weiter.

»Na, dann sieh mal zu, dass du schnell damit fertig wirst«, meint Frau Lehmann und lächelt Charlotte an, die nur eine missmutige Grimasse schneidet, weil sie den Mund voller Kartoffelbrei hat.

Merlin ist ein großer Mischlingshund aus dem städtischen Tierheim, mit dem Charlotte regelmäßig Gassi geht. Sie liebt alle Tiere und hätte zu gerne selbst ein Haustier, aber leider hat Frau Lehmann eine schwere Allergie gegen Tierhaare. Pauline, die sowieso lieber in ihrem Zimmer sitzt und malt, liest oder Klavier übt, findet es zwar schade, dass sie kein Kaninchen haben darf, hat sich aber damit abgefunden. Charlotte jedoch hat sich so sehr ein Tier gewünscht, dass ihr Vater schließlich vorgeschlagen hat, sie solle sich im Tierheim erkundigen, ob es dort nicht einen Hund gäbe, der sich freuen würde, wenn Charlotte ihn ab und zu abholen würde. Charlotte war begeistert von der

Idee und ist gleich am nächsten Tag ins Tierheim gegangen. Seitdem holt sie Merlin regelmäßig ab und geht mit ihm in den Wald. Pauline begleitet sie manchmal und liebt Merlin fast genauso sehr wie ihre Schwester.

Jetzt schiebt Pauline ihren Teller weg. »Mathe können wir ja zusammen machen«, sagt sie zu Charlotte.

Die nickt, stopft sich schnell den Rest des Mittagessens in den Mund und springt auf.

Zusammen gehen die beiden Mädchen nach oben, wobei Charlotte schon wieder auf Pauline einredet. Frau Lehmann schaut ihnen lächelnd nach und räumt die Teller ab. Sie weiß, dass Charlotte gleich verstummen wird, denn wenn es um die Hausaufgaben geht, kennt Pauline keine Gnade. Im Gegensatz zu Charlotte ist sie eine sehr gute und fleißige Schülerin. Aber sie ist auch immer bereit, ihrer Schwester zu helfen und erklärt die Matheaufgaben notfalls zehnmal, bis auch Charlotte sie endlich verstanden hat. Bei ihr gibt Charlotte sich immer die größte Mühe und so kommt es, dass bei den Hausaufgaben die sonst so stille Pauline die meiste Zeit redet, während ihre lebhafte Schwester stumm daneben sitzt und versucht Paulines Erklärungen zu folgen. Die beiden sind und bleiben eben Zwillinge. Wenn es darauf ankommt, halten sie trotz aller Unterschiede und Kabbeleien fest zusammen, dann kommt keiner gegen sie an.

»Vielleicht sind sie gerade wegen ihrer Verschiedenheit so stark«, überlegt Frau Lehmann unten in der Küche. Von oben ist kein Laut mehr zu hören.

Allerdings hat Pauline es heute wirklich schwer mit ihrer Schwester. Sie erklärt ihr jetzt bereits zum dritten Mal die

Matheaufgaben, aber Charlotte kann sich einfach nicht darauf konzentrieren.

»Hat er wirklich gesagt, dass sein Vater bei Schuberth arbeitet?«, fragt sie Pauline.

Diese hält im Rechnen inne und nickt. »Hast du das nicht gehört? Die Jungs haben doch über den ganzen Schulhof geschrien.«

»Hab nicht darauf geachtet, worüber sie geredet haben«, murmelt Charlotte. »Und ich blöde Kuh schlage ihm vor, dass er doch mal zum Chor kommen könnte. Der interessiert sich bestimmt nur für Autos und hält Chor für Kinderkram.«

Der Chor ist das einzige Hobby, das die beiden Mädchen teilen. Das Singen liegt in der Familie, ihre Eltern singen in der Erwachsenenkantorei und die Mädchen sind schon seit dem Kindergarten im Domchor. Inzwischen sind sie in den Kinderchor zwei aufgestiegen und nächstes Jahr sind sie endlich alt genug für den Jugendchor.

»Wenn er nicht kommt, kannst du ihn ja zur Musicalaufführung einladen«, tröstet Pauline sie, »dann sieht er schon, dass wir nicht nur Hänschenklein singen.«

Charlotte nickt und versucht dann erneut, sich auf die Matheaufgaben zu konzentrieren.

Am nächsten Tag in der Schule gibt Charlotte sich große Mühe, nicht zu oft zu Jan hinüberzusehen. Doch es will ihr nicht so recht gelingen. Von hinten beobachtet sie, wie er sich über sein Heft beugt und eifrig schreibt. Ob er sich gestern heimlich über sie lustig gemacht hat? Oder hat er vielleicht heute die anderen Jungs bereits gefragt, ob diese

Charlotte, die ihn da angequatscht hat, immer so aufdringlich ist? Bei diesem Gedanken wird Charlotte rot. Wie peinlich sie sich benommen hat. Wirklich zu idiotisch. Und dann auch noch die Idee mit dem Chor. Wie gut, dass Martin und Jonas auch im Kinderchor zwei singen. Die werden den Chor verteidigen, falls Jan blöde Sprüche machen sollte. Charlotte ist so in Gedanken versunken, dass sie ganz vergisst, den Schluss zu der Geschichte zu schreiben, die sie gerade besprochen haben. Sie fährt zusammen, als die Lehrerin sie aufruft und sie bittet, das Ende vorzulesen, das sie sich ausgedacht hat. Charlotte fängt an zu stottern, aber bevor sie noch ein Wort herausbringen kann, schiebt Mirjam, die neben ihr sitzt, unauffällig ihr Heft zu Charlotte hinüber, sodass diese vorlesen kann, was Mirjam geschrieben hat. Sie stockt ein paar Mal, weil sie so aufgeregt ist, aber die Lehrerin merkt nichts.

»Sehr schön, Charlotte«, sagt sie nur. »Wer möchte jetzt? Vielleicht Jan?«

Jan beginnt zu lesen und Charlotte schiebt das Heft wieder zu Mirjam zurück. »Danke«, flüstert sie leise, »du hast mich gerettet!«

Mirjam lächelt. »Schon gut«, flüstert sie zurück, »du kannst dich bei Gelegenheit revanchieren.«

»Das mache ich ganz bestimmt«, versichert Charlotte und nimmt sich fest vor, heute Nachmittag einen Marmorkuchen zu backen und Mirjam davon ein großes Stück mit in die Schule zu bringen. Für Marmorkuchen lässt Mirjam alles andere stehen, das weiß Charlotte genau. Und ab jetzt reißt sie sich zusammen und passt wirklich auf. Nur ab und zu wirft sie einen verstohlenen Blick auf Jans Rücken.

In den Pausen steht Jan wieder mit den anderen Jungen zusammen und redet über Autos, Formel 1 und Michael Schumacher. Charlotte steht mit ihren Freundinnen ein Stück abseits, hört ihnen zu und glaubt immer weniger daran, dass Jan sich auch nur ein winziges bisschen für sie und ihren Vorschlag, mit zum Chor zu kommen, interessieren könnte.

So geht es die ganze Woche. Während des Unterrichts beobachtet Charlotte Jan von hinten, in den Pausen steht sie in der Nähe der Jungs und lauscht, was sie sagen. Ihre Freundinnen wundern sich sehr, denn sonst ist es Charlotte, die einen großen Teil der Unterhaltungen auf dem Schulhof bestreitet. Es fällt ihr so schwer, während der Stunden den Mund zu halten, dass sie in den Pausen normalerweise alles nachholt und ihren Freundinnen oft kaum die Gelegenheit gibt, auch mal etwas zu sagen. Doch jetzt steht sie still ein bisschen abseits und kümmert sich kaum um die anderen. Wenn sie angesprochen wird, reagiert sie unwirsch und gereizt, sodass die anderen sie lieber in Ruhe lassen. »Die wird sich schon wieder einkriegen«, denken sie und unterhalten sich weiter.

Die beiden Chorproben, die in dieser Woche stattfinden, machen Charlotte nicht halb so viel Spaß wie sonst. Sie denkt daran, wie sie sich vor Jan blamiert hat und was er jetzt wohl von ihr denkt. Dabei verpasst sie ein paarmal den Einsatz und singt einmal sogar laut und überzeugt weiter, obwohl Herr Brauner längst abgewinkt hat. Alle drehen sich zu ihr um und Charlotte wird zum x-ten Mal in dieser Woche knallrot. Wie gut, dass sie diesmal nur im Musicalchor singt und keine Hauptrolle hat. Hätte sie auch noch Solostellen singen müssen, so wie Pauline bei dieser Aufführung, hätte sie sich wahrscheinlich in dieser Woche vollkommen unmöglich gemacht, so unaufmerksam ist sie.

Am Wochenende hat Charlotte ein Volleyball-Punktspiel im Nachbardorf, sodass sie keine Zeit hat, viel an Jan zu denken. Sie kämpft sich ab, gibt auf dem Spielfeld alles und ist am Ende völlig erschöpft. Aber es lohnt sich, die Mannschaft gewinnt und Charlotte fühlt sich hinterher viel besser.

»Der blöde Jan ist auch nur ein Junge, um den man sich nicht so viele Gedanken machen sollte«, sagt sie auf der Heimfahrt zu Pauline. Die ist diesmal sogar zum Auswärtsspiel mitgekommen, weil sie meinte, man könne Charlotte in diesem Zustand geistiger Umnachtung nicht alleine lassen.

»Weißt du, Charlotte«, sagt sie jetzt, »jemand, der dich nicht so mag, wie du bist, nämlich als gnadenlose Quasselstrippe, der sollte dir sowieso egal sein. Gleich ob Junge oder Mädchen.«

Charlotte nickt nachdenklich. Dann strahlt sie Pauline an. »Du hast mal wieder Recht, geliebte Schwester«, ruft sie. »Mama, können wir bitte noch bei McDonalds anhalten, ich hab plötzlich so großen Hunger«, wendet sie sich dann an ihre Mutter, die ihre beiden Mädchen mit dem Auto abgeholt hat. »Und außerdem möchte ich Pauline gerne ein Eis spendieren.«

Naturtalent?

So kommt es, dass sich Charlotte am Montag in der Schule endlich wieder ganz normal benimmt. Sie passt im Unterricht meistens auf, wenn sie nicht gerade mit Mirjam flüstert, und bestimmt in den Pausen das Gespräch. Sie ist so vertieft in die Unterhaltung mit den anderen Mädchen, dass sie gar nicht bemerkt, wie Jan, der mit den Jungs in einer anderen Ecke des Schulhofs steht, immer wieder kurz zu ihr hinübersieht. Pauline beteiligt sich nicht so intensiv an der lebhaften Diskussion über Pfeifferchens Unterricht und den Deutschaufsatz, den sie zu Hause schreiben sollen. Dafür beobachtet sie umso aufmerksamer, was um sie herum geschieht, bemerkt Jans Blick und lächelt zufrieden in sich hinein.

Am Ende der Woche geschieht dann endlich das, was Pauline erwartet und womit Charlotte schon längst nicht mehr gerechnet hat. Am Schultor tippt jemand Charlotte von hinten auf die7 Schulter, und als sie sich umdreht und schon losschimpfen will, weil sie es eilig hat und sonst die Bahn verpasst, steht da Jan und grinst sie verlegen an. Charlotte bringt vor Überraschung kein Wort heraus und das geschieht bei ihr wirklich selten.

»Hi«, sagt Jan. Mehr nicht. Er lächelt nur. Und wird er nicht ein kleines bisschen rot?

Charlotte lächelt jetzt auch. »Hi«, entgegnet sie. Einen Moment lang sagt keiner der beiden etwas, aber dann bemerkt Jan, dass er ja Charlotte aufgehalten hat und nun wohl erklären muss, warum.

»Ähm«, stammelt er, »also, es ist so, du hast mir doch neulich von diesem Chor erzählt, in dem du singst. Ich wollte dich fragen, ob man da einfach so hinkommen und mitmachen kann.« Jetzt hat er einen für alle sichtbaren knallroten Kopf.

Wie süß!, denkt Charlotte entzückt, aber sie fasst sich schnell wieder und antwortet eifrig: »Ja, klar kann da jeder mitmachen. Du musst dich natürlich vorher bei Herrn Brauner vorstellen, aber das ist kein Problem, der ist total nett. Eine Solorolle für das Musical bekommst du jetzt zwar nicht mehr, aber im Chor findest du sicher schnell den Anschluss. Wenn du willst, kann ich auch mit dir üben.« Jetzt ist es Charlotte, die rot anläuft.

Doch Jan strahlt sie an. »Total gerne«, sagt er und es klingt, als ob er das wirklich ernst meint. »Die Chorproben sind dienstags und freitags«, sagt Charlotte, »also heute und dann erst wieder nächste Woche.«

»Für heute habe ich mich leider schon verabredet, aber nächste Woche würde ich gerne mitkommen und mir das mal ansehen. Hast du am Wochenende vielleicht Zeit, um mir schon mal zu zeigen, worum es in dem Musical geht und was man da so singen muss?« Jan schaut Charlotte nicht an, als er verlegen hinzufügt: »Ich weiß ja gar nicht, ob ich das überhaupt kann.«

Daran hat Charlotte überhaupt nicht gedacht, dass Jan vielleicht gar nicht singen kann. Wie peinlich, wenn sie jemanden in den Chor mitbringen würde, der keinen einzigen Ton trifft. Schnell sagt sie: »Das wird schon gehen. Am besten kommst du morgen zu mir, dann zeige ich dir die Noten und wir können schon mal ein bisschen was probieren. Einverstanden?«

Jan nickt.

»Messeweg 21, findest du das?«, fragt Charlotte.

Jan nickt wieder.

»Gut, dann morgen um drei bei mir«, sagt Charlotte und sieht Jan erwartungsvoll an.

»Okay, dann bis morgen«, antwortet der und macht sich auf den Weg zu den Fahrradständern.

Charlotte schaut ihm nach und ruft schnell noch ein »Tschüs!« hinter ihm her. Sie beobachtet, wie er sich auf ein superneu aussehendes Mountainbike schwingt und davonradelt. »Tolles Fahrrad«, murmelt Charlotte vor sich hin. Dann fällt ihr ein, dass sie ja auch nach Hause muss. Sie sieht auf die Uhr. »Mist!«, entfährt es ihr. Die Straßenbahn ist längst weg, und wenn sie sich nicht beeilt, dann verpasst sie auch noch die nächste. Pauline sitzt sicher schon zu Hause und lässt sich das Mittagessen schmecken. Hoffentlich ist Mama nicht sauer. Wie gut, dass sie für ihren Deutschaufsatz eine Zwei bekommen hat, das wird sie versöhnen. Mit einer Fünf hätte sie ihr sicher die Verabredung mit Jan morgen verboten.

Am nächsten Tag ist Charlotte ganz zappelig vor Aufregung. Sie redet ohne Unterbrechung auf Pauline ein, als die beiden Mädchen das Geschirr vom Mittagessen in die Spülmaschine räumen. Pauline verdreht die Augen, sagt aber nichts. Sie wäre sowieso nicht zu Wort gekommen. Aber als sie fertig sind, verzieht sie sich in ihr Zimmer und macht die Tür hinter sich zu. Charlotte bleibt allein zurück. Damit die Zeit schneller vergeht, legt sie in ihrem Zimmer ihre Lieblings-CD von Herbert Grönemeyer ein und beginnt ein Computerspiel. Schließlich ist sie so vertieft, dass sie nicht hört, wie es an der Haustür klingelt. Als jemand an ihre Zimmertür klopft, ruft sie grob: »Ich will nicht gestört werden!«

Doch die Tür geht trotzdem auf.

Ohne den Kopf zu heben schreit Charlotte: »Mann, was ist denn, ich hab nur noch ein Leben, und wenn ich nicht aufpasse – scheiße, jetzt ist es passiert! Was ist denn so wichtig?« Wütend dreht sie sich um und schaut direkt in Jans verwirrtes Gesicht.

»Wir waren doch verabredet, oder?«, sagt er ein wenig unsicher.

Charlotte springt sofort von ihrem Stuhl auf. »Tut mir Leid, ich wollte dich nicht anschreien«, sagt sie, zieht Jan in ihr Zimmer und macht die Tür hinter ihm zu. »Ist es schon drei? Ich habe gar nicht auf die Uhr geguckt.«

»Na ja, fünf vor, ich bin ein bisschen zu früh.« Jan grinst jetzt wieder und zeigt dabei seine weißen Zähne. »Soll ich noch fünf Minuten draußen warten?«

Charlotte grinst auch. »Quatsch, ich freue mich, dass du da bist!«

Sie holt für sich und Jan etwas zu trinken aus der Küche und erzählt ihm dann gleich von den Chorproben und dem Musical. Jan erfährt alles über Herrn Brauner, den netten Chorleiter, der immer so tolle Projekte mit ihnen macht und der die Musik zu dem Musical »Josef und seine Brüder«, das sie gerade proben, sogar selbst geschrieben hat.

»Das ist ja eine Bibelgeschichte«, sagt Jan. »Ist das nicht langweilig?«

»Gar nicht«, entgegnet Charlotte überzeugt, »außerdem muss man in einer Kirche doch auch was aus der Bibel machen, das ist nun mal so.«

Jan gibt sich damit zufrieden und hört Charlotte weiter zu. Langsam legt sich ihre Aufregung und sie redet nicht mehr ohne Pause. Jan kommt auch ab und zu mal zu Wort und kann etwas fragen oder eine Bemerkung machen. Die beiden lachen viel und verstehen sich richtig gut.

»So, und jetzt sing ich dir das hier vor und du singst es mir einfach nach«, sagt Charlotte, nachdem Jan sich die Noten sehr genau angesehen hat. »Ich singe in der zweiten Stimme.«

Sie singt mit ihrer klaren hellen Stimme ein Stück vor.

»Versuch's mal«, sagt sie zu Jan und macht sich dabei auf das Schlimmste gefasst.

Jan räuspert sich, nimmt Charlotte die Noten aus der Hand, setzt sich gerade hin und singt wunderschön und ohne einen falschen Ton genau das nach, was Charlotte ihm gerade vorgesungen hat.

»Donnerwetter«, staunt die, »hast du schon mal in einem Chor gesungen oder bist du ein Naturtalent?«

Jan senkt verlegen den Kopf. »Meine Mutter ist Sängerin und singt mehr als sie redet. Ich singe schon immer, in Dresden hab ich auch im Kinderchor gesungen.« Charlotte ist für einen Moment sprachlos. Jan nutzt das und fügt schnell hinzu: »Ich wollte mich einfach gerne mal mit dir verabreden und hab mich nicht getraut, dich einfach so zu fragen. Da dachte ich, wenn ich frage, ob du schon mal mit mir für den Chor übst, sagst du bestimmt nicht Nein. Sei nicht böse, dass ich geschwindelt habe.« Jan sieht Charlotte bittend an und die wird etwas rot.

»Ach was, bin ich nicht«, wischt sie Jans Geständnis mit einer Handbewegung beiseite. »Da blamiere ich mich nächste Woche wenigstens nicht vor Herrn Brauner, wenn ich dich anschleppe.« Sie müssen beide lachen. »Und deine Mutter ist wirklich Sängerin?«, fragt Charlotte dann.

Jan nickt. »Sopranistin«, sagt er. »In Dresden hat sie sogar an der Semperoper gesungen. Leider hat sie hier in Braunschweig noch kein festes Engagement. Sie singt zurzeit überall da, wo gerade eine Sopranistin gebraucht wird. Dadurch ist sie viel weg, Proben, Konzerte, Besprechungen und so. Deswegen hat mein kleiner Bruder auch eine Kinderfrau, die sich um ihn kümmert, wenn Mama nicht da ist. Ich komme ja schon allein klar.«

Charlotte ist beeindruckt. »Du hast also tatsächlich einen Vater, der den Helm für Michael Schumacher entwickelt hat, und eine Mutter, die Opern singt. Nicht schlecht! – Was ist denn jetzt los?«, fragt sie, denn Jan wirkt plötzlich bedrückt.

»Manchmal denke ich, dass ich für die anderen nur deswegen interessant bin«, sagt er leise. »Alle sind begeistert von meinen Eltern, ich hatte nie Probleme, Freunde zu finden. Aber dann bin ich mir einfach nicht sicher, ob das auch so wäre, wenn meine Eltern andere Berufe hätten.« Er sieht jetzt richtig unglücklich aus.

Charlotte macht ein betroffenes Gesicht. Darüber hatte sie gar nicht nachgedacht. »Aber Jan, ich mochte dich doch auch schon, als ich noch nicht wusste, dass deine Mutter Sängerin ist!«, ruft sie dann aus.

Jan hebt den Kopf und lächelt sie an. »Das ist wahr«, sagt er.

Dann beugen sich beide wieder eifrig über Charlottes Noten und singen zusammen alles durch, was der Chor in dem Musical von Herrn Brauner zu singen hat.

»Beim nächsten Mal bekommst du bestimmt eine Solorolle«, sagt Charlotte am Ende, »du hast wirklich eine tollte Stimme.«

»Na, mal sehen«, meint Jan.

Sie kommen nicht dazu, dieses Thema weiter zu diskutieren, denn jetzt steckt Pauline ihren Kopf zur Tür herein. »Klingt super, was ihr da macht«, sagt sie mit ehrlicher Bewunderung, »aber das Abendessen steht auf dem Tisch und ich soll fragen, ob du mitessen möchtest, Jan.«

Der sieht Charlotte fragend an, und als sie nickt, sagt er zu Pauline: »Sehr gerne, danke schön.«

Beim Essen geht es lebhaft zu, und obwohl natürlich auch darüber gesprochen wird, wie aufregend die Berufe von Jans Eltern sind, ist das nicht das wichtigste Thema für die drei Kinder. Sie reden über alles Mögliche, erzählen sich von ihren Hobbys. Jan berichtet von seinem kleinen Bruder und wundert sich darüber, dass Charlotte und Pauline sich gar nicht so benehmen wie Zwillinge sonst, obwohl sie doch haargenau gleich aussehen. Bis auf die Frisur natürlich.

»Hättest du dich etwa getraut, uns nach einer Verabredung zu fragen, wenn wir nur im Doppelpack auftreten und beide so viel reden würden wie Charlotte?«, fragt Pauline.

Jan überlegt kurz und lacht dann. »Nein«, sagt er ehrlich, »hätte ich wohl nicht.«

Charlotte und Pauline lächeln zufrieden.

»Na, dann ist ja alles gut, so wie es ist«, meint Herr Lehmann.

»Wir wollen eben auch nicht immer im Mittelpunkt stehen, nur weil wir Zwillinge sind«, fügt Charlotte noch hinzu. »Jede von uns möchte so gemocht werden, wie sie ist, auch ohne die Besonderheit des Zwillingseins. Da geht es uns wie dir, wenn du Freunde suchst, die sich für dich interessieren und nicht für den Job deiner Eltern.«

Jan nickt. Er versteht gut, was Charlotte meint. Als er sich nach dem Abendessen verabschiedet, fühlt er sich schon richtig wohl bei den Lehmanns.

»Komm bald mal wieder«, sagt Charlotte, die ihn noch zu seinem Fahrrad begleitet.

»Gerne, aber du musst mich auch mal besuchen«, entgegnet Jan und reicht ihr zum Abschied die Hand. »Tschüs, Charly, bis Montag in der Schule.«

»Tschüs, Jan.« Charlotte schaut ihrem neuen Freund nach, wie er auf seinem tollen Fahrrad davonfährt. Normalerweise mag sie es nicht, wenn jemand sie Charly nennt, aber bei Jan ist das was anderes.

Chorprobe und ein schlechtes Gewissen

Am Dienstag verabredet sich Jan mit Charlotte und Pauline für den Nachmittag, da er nicht allein zu seiner ersten Chorprobe gehen möchte. Sie machen aus, dass sie sich mit den Rädern am botanischen Garten treffen, wo sich ihre Wege kreuzen. Martin, der Junge mit der Brille, bekommt das Gespräch der drei mit.

»Willst du im Chor mitsingen?«, fragt er Jan. Der nickt nur. Martin mustert ihn von oben bis unten, schiebt seine Brille mit dem Zeigefinger nach oben und meint dann vielsagend: »Aha!«

»Jan kann sehr gut singen, seine Mutter ist nämlich ...«, will Charlotte den neuen Freund verteidigen, aber ein Rippenstoß von Pauline bringt sie zum Schweigen.

»Seine Mutter ist sehr musikalisch«, beendet sie den Satz.

»So so«, brummelt Martin.

»Hast du was dagegen, dass er mitmacht?«, fragt Charlotte angriffslustig.

»Quatsch, jetzt spiel dich mal nicht so auf«, versetzt Martin ehrlich empört. »Ich hab mich ja nur gewundert, dass einer wie Jan im Chor singen will. Ich dachte, der macht nur Sport.«

Jan grinst jetzt. »Sport ist leider gar nicht so mein Ding, ich mag's lieber ruhig.«

Martin macht ein erstauntes Gesicht. »Na ja, warum auch nicht«, meint er und zuckt mit den Schultern. Er wirft Charlotte noch einen finsteren Blick zu und geht dann zu seinen Freunden.

Jan sieht ihm nach. Dann dreht er sich zu Charlotte um. »Ich kann mich übrigens sehr gut selbst verteidigen«, blafft er sie an und geht ebenfalls zu den anderen Jungs rüber.

Charlotte schnappt nach Luft. Das ist ja wirklich die Höhe!

»Jetzt sei nicht beleidigt, Charlotte«, sagt Pauline, die ihr sofort ansieht, was los ist. »Er hat doch Recht. Schau mal, er ist größer als alle anderen Jungs in der Klasse. Meinst du nicht, dass es ihm vor den anderen peinlich ist, wenn er sich von einem Mädchen verteidigen lassen muss?«

Charlotte schnaubt. »Er ist schließlich neu, da darf man

ihn doch wohl ein bisschen in Schutz nehmen!« Sie sieht ihre Schwester trotzig an, die schon wieder ihr typisches Pauline-Gesicht macht.

»Ja klar, du musst den armen kleinen Jan in Schutz nehmen«, spottet sie, »damit die anderen auch gleich den richtigen Eindruck von ihm bekommen und ihn nie für voll nehmen.«

Zum Glück klingelt es in diesem Moment, sodass Charlotte nicht mehr antworten muss. Es wäre ihr auch nichts Passendes eingefallen. »Pah!«, macht sie deshalb nur und setzt sich dann auf ihren Platz. Während der ganzen Stunde denkt sie darüber nach, was Pauline gesagt hat, und nach und nach verfliegt ihre Wut. *Wahrscheinlich hat Pauline tatsächlich Recht,* denkt sie, *und ich habe mich mal wieder unmöglich benommen.* Sie seufzt tief und nimmt sich vor, sich nach der Stunde bei Jan zu entschuldigen.

Das tut sie auch gleich in der nächsten Pause und zu ihrer Erleichterung nimmt er die Entschuldigung sofort an. »Ich hätte dich ja auch nicht gleich so anmotzen müssen, du hast es schließlich nicht böse gemeint«, sagt er und holt einen Schokoriegel aus seiner Schultasche. Er bricht ihn in der Mitte durch und reicht Charlotte eine Hälfte. Damit ist der Streit begraben.

Am Nachmittag treffen Charlotte und Pauline wie verabredet Jan am Botanischen Garten. Gemeinsam radeln sie weiter zum Dom, wo in einem Nebenraum die Chorprobe stattfindet. Der Dom ist ein mächtiges, steinernes Gebäude mitten in der Stadt, dessen zwei Türme die anderen Häuser dort weit überragen.

Als sie ankommen, stehen schon eine Menge Kinder am

hinteren Eingang und warten darauf, hineingelassen zu werden. Auch Martin und Jonas sind schon da und kommen auf die drei zu. Martin schämt sich ein bisschen für seine dummen Bemerkungen vom Vormittag und auch Charlotte tut es jetzt Leid, dass sie gleich so heftig reagiert hat. Sie schauen sich ein bisschen verlegen an und Martin schiebt schon wieder seine Brille hoch.

Da fängt Jan laut an zu lachen. Die anderen sehen ihn verdutzt an, fassen sich aber schnell und stimmen ein. Sie kichern und kichern ohne ersichtlichen Grund und können dabei kein Wort herausbringen. Auch als die Domtür sich öffnet und sie mit den anderen dreißig Kindern in den Chorsaal hineingehen, haben sie große Mühe, sich wieder zu beruhigen.

Jan schafft es als Erster. »Stellst du mich vor?«, fragt er Charlotte, die immer noch leise vor sich hin lacht.

»Ja, klar«, sagt sie grinsend. »Am besten, wir machen das gleich.«

Während die anderen Kinder laut schwatzend ihre Plätze einnehmen, gehen Jan und Charlotte nach vorne zu Herrn Brauner, der gerade seine Noten auf das Dirigentenpult legt. Charlotte erklärt, dass Jan neu in der Stadt ist und gerne mitsingen möchte und dass sie ihm bereits die Noten gezeigt und ein bisschen mit ihm geübt hat. Diesmal verschweigt sie von sich aus, dass seine Mutter Sängerin ist.

Herr Brauner schüttelt Jan freundlich die Hand. »Schön, dass du da bist, Jan«, sagt er herzlich. »Mal sehen, wo wir dich am besten hinsetzen.«

»Er kann doch neben mir sitzen«, schlägt Charlotte eifrig vor.

»Das halte ich für keine gute Idee.« Herr Brauner schüttelt den Kopf und lächelt. Charlotte macht ein enttäuschtes Gesicht. »Jan ist sehr groß«, erklärt der Chorleiter, »er sollte in der letzten Reihe sitzen und nicht bei dir in der ersten, sonst versperrt er den Kindern hinter ihm die Sicht. Und außerdem«, jetzt sieht er Charlotte verschmitzt an, »möchte ich, dass du singst und nicht die ganze Zeit redest. Mit Florian neben dir klappt das ja einigermaßen, wenn Jan allerdings da sitzen würde ...« Er zieht zweifelnd die Augenbrauen hoch und Charlotte wird rot.

»Na ja«, murmelt sie und schaut betreten zu Boden.

»Schau doch mal, ob du in der hinteren Reihe jemanden kennst, und setz dich einfach dazu«, sagt Herr Brauner jetzt zu Jan. Der nickt und geht zielstrebig auf Martin zu, den er ganz hinten entdeckt hat.

Charlotte sieht, wie sie sich angrinsen und einträchtig nebeneinander Platz nehmen. Schade, sie hätte gerne neben Jan gesessen, aber hier ist Herr Brauner der Chef und bestimmt, was gemacht wird. Keines der Kinder hätte gewagt, eine seiner Anweisungen zu missachten. Sie wissen, dass eine Menge Disziplin nötig ist, um aus fast vierzig Kindern einen guten Chor zu machen, und die erste Regel ist nun mal, dass alle auf das hören, was Herr Brauner sagt. Das ist auch eigentlich nicht schwer, denn alle mögen Herrn Brauner. Er ist immer freundlich und hat stets ein offenes Ohr für die großen und kleinen Sorgen seiner Chorkinder. Also geht Charlotte auch ohne Protest zu ihrem Platz und setzt sich neben Florian.

Florian ist genau der richtige Nachbar für Charlotte. Er ist klein und blass und redet nicht viel. Das ist gut so, weil

Charlotte sonst sicher munter drauflosschwatzen würde, sobald sie nicht singen muss. Aber da Florian nicht antwortet, macht das keinen Spaß und sie schweigt. Auf ihrer anderen Seite sitzt niemand, sie ist die letzte in der Reihe. Obwohl sie hier zur Redepause verurteilt ist, macht Charlotte dieser Platz auch stolz. Letzter in einer Reihe kann nur sein, wer so sicher ist, dass er seine Stimme halten kann. Das kann Charlotte, obwohl ihr von keiner Seite jemand ins Ohr singt. Rechts sitzt niemand und Florian auf der anderen Seite singt so leise, dass sie ihn meistens gar nicht hört.

Charlotte schlägt ihre Noten auf ohne sich um Florian zu kümmern. Zu Anfang hat sie ein paarmal versucht ihn in ein Gespräch zu verwickeln, aber er hat immer nur einsilbig geantwortet und Charlotte hatte den Eindruck, dass er nicht mit ihr reden will. Also hat sie ihn nach einer Weile einfach in Ruhe gelassen. Auch die anderen kümmern sich nicht groß um Florian. Keiner weiß so richtig etwas von ihm. Er kommt als Letzter zur Tür herein, setzt sich auf seinen Platz, singt leise, aber richtig mit und verschwindet, sobald die Probe beendet ist. So ist er nun mal.

Aber heute ist es anders. Charlotte muss ihn ein paar Mal in die Seite stoßen, weil er den Einsatz verpasst oder eine falsche Stelle singt. Er schaut sie verwundert an, sagt aber nichts. Irgendwie sieht er noch blasser aus als sonst, findet Charlotte. Vielleicht wird er krank oder er hat Ärger in der Schule. Sie hat keine Zeit, weiter über Florian nachzudenken, denn Herr Brauner fordert heute ihre ganze Aufmerksamkeit. Das Musical soll bald aufgeführt werden und Charlotte muss sich sehr konzentrieren, um dem Ablauf zu folgen.

Nach der Probe trifft sie Jan, Martin, Jonas und Pauline draußen.

»Habt ihr Lust auf ein Eis?«, fragt Jan die anderen. »Die Sonne scheint und außerdem muss doch meine erste Probe gefeiert werden. Ich lade euch ein, hab gerade Taschengeld bekommen.«

Alle sind einverstanden und so sitzen sie wenig später einträchtig auf einer Bank und schlecken an ihrem Eis.

»Du singst wirklich prima«, sagt Martin zu Jan. Er will immer noch sein Benehmen vom Vormittag wieder gutmachen. »Es war fast überhaupt kein falscher Ton dabei.«

»Charlotte hat ja auch mit mir geübt«, grinst Jan. »Außerdem macht es wirklich Spaß!«

Eine Weile ist es still, alle sind mit ihrem Eis beschäftigt.

»Gut, dass aus unserer Klasse mehrere im Chor singen«, meint Jonas dann. »Ich glaube, manche Jungs finden Singen ziemlich blöd und kindisch. Aber weil wir so viele sind, trauen sie sich nicht, uns damit aufzuziehen.«

»Manchmal sind Jungs wirklich komisch«, bemerkt Charlotte, aber Pauline wendet ein: »Es gibt auch Mädchen, die das Gesicht verziehen, wenn man ihnen was von Singen und Chor erzählt. Karen zum Beispiel aus der 5d, die in der Kunst-AG neben mir sitzt. Ihre Freundinnen und sie finden es richtig witzig, sich deswegen über mich lustig zu machen.«

Charlotte ist empört. Das hat Pauline ihr noch nie erzählt.

»Ist ja auch nicht so schlimm«, wiegelt die ab. »Ich mach mir nichts draus und es ist ja nur in einer Stunde pro Woche. Aber wenn das in der Klasse auch so wäre, würde ich vielleicht deswegen aufhören.«

Die anderen sehen sie nachdenklich an.

»Bei Florian ist das so, glaube ich«, sagt Martin dann. »In seiner Klasse ist er der Einzige, der im Chor singt, und er wird andauernd damit gehänselt. Ich habe es schon ein paarmal auf dem Schulhof mitbekommen.«

»Und trotzdem kommt er weiter zu jeder Probe«, stellt Jonas erstaunt fest. »So viel Tapferkeit hätte ich dem Kleinen gar nicht zugetraut.«

»Man soll einen Menschen eben nicht nach dem ersten Eindruck beurteilen«, sagt die altkluge Pauline und schiebt sich den Rest Eis in den Mund. »Ich muss los, ich muss noch Hausaufgaben machen«, sagt sie dann und steht auf.

Charlotte seufzt. »Ich leider auch. Danke noch mal für das Eis, Jan. Bis morgen in der Schule.«

Ein paar Tage später hat Jan Charlotte zu sich nach Hause eingeladen. Sie wollen zusammen Hausaufgaben machen und dann ein bisschen für den Chor üben. Frau Lehmann hatte nichts dagegen, dass Charlotte gleich nach der Schule mit zu Jan geht. Ihr Vater soll sie abends abholen.

Als sie vor dem Haus ankommen, in dem Jan zusammen mit seinen Eltern und seinem kleinen Bruder wohnt, staunt Charlotte nicht schlecht. In einem riesigen Garten steht eine prachtvolle Villa, die ein bisschen aussieht, als könnte hier auch Michael Schumacher selbst wohnen.

»Donnerwetter!«, entfährt es ihr, als sie durch das Tor in den Garten kommen.

Jan zuckt mit den Achseln. »Ja, ganz okay«, sagt er gleichgültig, aber Charlotte, die ihn inzwischen schon ganz gut kennt, merkt, dass ihm das große Haus in Wirklichkeit ziemlich peinlich ist. Wie soll man so sein wie alle anderen, wenn man in so einem Kasten wohnt. Sie nimmt sich vor, ab jetzt nichts mehr zu sagen und einfach so zu tun, als fände sie es ganz normal, wenn in der Garage ein Mercedes-Kombi und ein Sportwagen stehen. Die Autos entdeckt sie nämlich, als Jan das Garagentor öffnet, um sein Fahrrad reinzuschieben. Von dort gehen sie gleich ins Haus. Es fällt Charlotte nicht schwer, sich an das zu halten, was sie sich vorgenommen hat. Der Anblick der großen Zimmer verschlägt ihr von ganz allein die Sprache.

Jan zieht sie sofort in die Küche. »Was gibt es heute zu essen, Carola?«, bestürmt er eine ältere Dame, die am Herd steht und eifrig in einem Kochtopf rührt. »Wir haben einen riesigen Hunger!«

»Bunte Nudeln mit Lachs und Spinatsoße, wie dein Gast es mag«, lächelt Carola und wendet sich Charlotte zu. »Willst du mir die junge Dame nicht vorstellen, Janni?« Sie wischt sich die Hände an der Schürze ab und ergreift dann Charlottes Hand, die die ihr rasch entgegenstreckt.

»Das ist Charlotte und das ist Carola«, sagt Jan brav. »Ich hab Carola verraten, was du am liebsten isst«, erklärt er und sieht dabei ein bisschen verlegen aus.

»Super!«, freut sich Charlotte. »Ich habe wirklich ziemlich großen Hunger.« Sie schaut Carola an, die sich wieder dem Herd zugewendet hat, und kann es einfach nicht lassen. »Sind Sie Jans Oma?«, fragt sie. Sie kennt es von zu Hause, dass Oma für Pauline und sie kocht, wenn Mama und Papa mal nicht da sind.

Jan lacht hell auf, sodass Charlotte sofort klar wird, dass diese nette Dame nicht seine Oma ist. Sie wird rot, aber Carola lächelt sie freundlich an.

»Ich bin nicht wirklich Jans Oma«, sagt sie. »Ich bin die Köchin hier im Haus, aber ich arbeite schon so lange für die Familie Lorenz, dass ich mir nichts anderes mehr vorstellen kann. Und Jan, den kenne ich schon, seit er auf der Welt ist. Im Grunde ist es also gar nicht so falsch, wenn du mich für seine Oma hältst.«

Die Köchin! *Es gibt also tatsächlich Leute, die eine Köchin haben,* denkt Charlotte. *Und ich dachte immer, so etwas gibt es nur im Fernsehen*. Zum Glück ist jetzt das Essen fertig und sie kann sich konzentriert über ihren Teller beugen, sodass sie erst mal gar nichts mehr sagen muss. Es schmeckt toll und Charlotte findet, dass Carola nicht nur sehr nett ist, sondern auch noch fast so gut kochen kann wie ihre Mutter.

Nach dem Essen verziehen sich die beiden in Jans Zimmer. Auch das ist riesengroß. Jan hat ein Hochbett, einen Computer, einen Fernseher, eine Stereoanlage und ein riesiges Bücherregal. Auf dem Boden liegen Legosteine kreuz und quer verstreut. Er schiebt sie hastig mit dem Fuß auf einen Haufen.

»Aufräumen ist nicht so mein Ding«, sagt er entschuldigend zu Charlotte.

Die steht in der Tür und staunt. »Ist das alles deins?«, fragt sie und hat dabei ihren guten Vorsatz, alles ganz normal zu finden, vergessen.

Jan nickt. »Komm doch rein«, sagt er und lässt sich auf eine bunte Matratze fallen, die unter seinem Hochbett liegt. »Meine Eltern haben wenig Zeit«, meint er, als Charlotte sich neben ihn plumpsen lässt. »Dafür haben sie umso mehr Geld, und wenn sie mal wieder das schlechte

Gewissen drückt, weil sie eine Verabredung vergessen haben oder nicht zum Schulfest kommen konnten oder so, dann schleppen sie irgendein Geschenk an. Das neue Fahrrad hab ich zum Beispiel bekommen, weil sie mir seit Weihnachten versprechen, mit mir Schlittschuhlaufen zu gehen.«

»Schlittschuhlaufen? Im Mai?«, wirft Charlotte verblüfft ein.

Jan grinst ein bisschen schief. »Eben. Jetzt ist es dafür zu spät und natürlich war den ganzen Winter lang niemand mit mir in der Eishalle. Deswegen das neue Fahrrad.«

Charlotte schweigt nachdenklich. »Wo sind denn deine Eltern jetzt?«, fragt sie nach einer Weile.

»Mein Vater ist in der Firma, der geht morgens immer als Erster aus dem Haus, wenn alle noch schlafen, und kommt meistens erst wieder, wenn ich schon im Bett liege. Er hat gemeint, dass das anders wird, wenn wir alle in der Stadt wohnen, in der er arbeitet, aber bis jetzt hat sich noch nichts geändert. Und meine Mutter ist, glaube ich, in Hannover bei irgendeiner Probe oder so. Sie hat da bald ein Konzert mit dem Rundfunkchor vom NDR. Eigentlich möchte sie gerne ein festes Engagement hier am Staatstheater haben, aber bis jetzt hat es noch nicht geklappt. Vielleicht im September, wenn die neue Spielzeit anfängt.«

Charlotte tut so, als ob sie alles verstanden hat, und schaut Jan vorsichtig von der Seite an. *Manchmal redet er wie ein Erwachsener,* denkt sie bei sich. Dann springt sie auf. »Lass uns unsere Hausaufgaben lieber gleich machen«, schlägt sie vor, »dann haben wir hinterher Zeit für wichtigere Dinge.«

Jan ist einverstanden und so liegen sie wenig später bäuchlings auf der Matratze und knobeln an einer Matheaufgabe. Eigentlich sollte man Hausaufgaben ja an einem Tisch machen, aber so ist es viel gemütlicher, finden sie. Und weil Jans Eltern nicht zu Hause sind, ist auch niemand da, der es ihnen verbietet.

Den Rest des Nachmittags verbringen sie mit einer Tüte Chips vor Jans Fernseher. Dass sie eigentlich für den Chor üben wollten, haben sie ganz vergessen. Charlotte darf zu Hause nur fernsehen, wenn sie vorher gefragt und Mama genau erklärt hat, was für eine Sendung sie sich ansehen möchte. Charlottes Eltern finden nämlich, dass zu viel fernsehen ungesund ist und dass man sich auch nicht jeden Mist angucken muss. Jetzt schaltet sie mit Jan von einem Programm zum anderen und guckt mal hier und mal dort ein bisschen.

Als sie abends in ihrem Bett liegt, denkt Charlotte über Jan und seine Eltern nach. *Eigentlich hat Jan es doch gut,* denkt sie. *Er kann tun und lassen, was er will, und bekommt auch noch andauernd tolle Sachen geschenkt.* Aber dann fällt ihr ein, wie oft am Tag sie selbst zu ihrer Mutter geht, weil sie Probleme mit den Hausaufgaben hat, weil sie einen Rat braucht oder weil sie einfach nur mal gedrückt werden möchte. Plötzlich springt sie aus dem Bett und läuft barfuß die Treppe hinunter ins Wohnzimmer, wo ihre Eltern bei einem Glas Wein sitzen.

»Charlotte, warum schläfst du denn noch nicht?«, fragt Frau Lehmann erstaunt, aber statt einer Antwort setzt sich Charlotte einfach mit aufs Sofa und kuschelt sich dicht an ihre Mutter. »Ich wollte euch nur schnell sagen, dass ich froh darüber bin, dass ihr immer für uns da seid, für Pauline und mich, und uns nicht nur teure Geschenke mitbringt.«

Frau Lehmann legt den Arm um ihre Tochter und zieht sie an sich. Dabei sieht sie ihren Mann aber verständnislos an.

Der zuckt erstaunt mit den Schultern. »Was ist denn passiert, Charlotte?«, fragt er.

Und dann erzählt Charlotte von ihrem Besuch bei Jan, und dass das alles gar nicht so toll ist, wie es sich anhört.

Ein Dieb im Chor

»Die nächste Probe findet im Dom statt«, verkündet Herr Brauner am Ende einer Dienstagsprobe. »Die Aufführung ist in drei Wochen und es wird Zeit, dass wir alles im Zusammenhang durchgehen.« Als daraufhin ein aufgeregtes Gemurmel ausbricht, klopft er energisch mit einem Bleistift auf seinen Notenständer, um sich Gehör zu verschaffen. »Ich bin noch nicht fertig!«, sagt er laut und die Kinder verstummen. »Zuerst kommt ihr wie immer hier in den Übungsraum. Wir gehen dann alle gemeinsam in den Dom hinüber. Und denkt bitte daran, das Geld für die Eintrittskarten mitzubringen, die eure Eltern bestellt haben. Ich werde es vor der Probe einsammeln. Die Kinder vom Kinderchor eins sind übrigens am Freitag auch dabei, sodass es etwas voller wird als sonst.«

Dann schickt er seine kleinen Sänger mit einem »Bis Freitag also!« nach Hause.

Am Freitagnachmittag herrscht im Chorgewölbe des Doms ein unglaubliches Stimmengewirr.

»Kinder, jetzt seid doch mal leise! Ich möchte gerne mit der Probe beginnen!«

Die Stimme von Herrn Brauner wird von den steinernen Mauern vielfach zurückgeworfen und dringt trotzdem kaum zu den Kindern der Chöre eins und zwei durch. Sie scharren aufgeregt mit den Füßen, suchen nach dem richtigen Platz und schwatzen ohne Unterbrechung.

»Ruhe!«, brüllt Herr Brauner schließlich, so laut er kann, und mit einem Schlag sind alle Kinder still und schauen ihren Chorleiter erwartungsvoll an. Dieser runzelt die Stirn. »Damit eins klar ist, Herrschaften«, sagt er streng, »es ist unbedingt notwendig, dass ihr hier im Dom ruhig und aufmerksam seid. Das Echo ist so stark, dass ihr einen Lärm macht wie die Fans der Eintracht im Fußballstadion.« Schallendes Gelächter antwortet ihm, aber als Herr Brauner diesmal die Hand hebt, kehrt sofort Ruhe ein. »Also bitte, vollkommene Konzentration«, sagt er eindringlich. »Ich möchte heute einen kompletten Durchlauf schaffen.«

Die Kinder, die im Halbrund des Altarraums in mehreren Reihen auf verschieden hohen Podesten stehen, nehmen eine aufrechte Haltung ein und warten gespannt auf ihren ersten Einsatz. Der freie Raum vor ihnen dient als Bühne, auf der nacheinander die Solisten auftreten und die Geschichte von Josef erzählen werden, der von seinen Brüdern als Sklave nach Ägypten verkauft wurde und dort eine steile Karriere machte. Ganz vorne, direkt vor dem Dirigenten, werden bei der Aufführung ein paar Musiker aus dem Domorchester sitzen und die Kinderchöre begleiten. Im

Moment allerdings ist da nur Matthias am Klavier, einer der Großen aus der Jugendkantorei. In den Proben ersetzt er das Orchester. Gerade als Herr Brauner die Hände hebt und Matthias mit ein paar Bewegungen das Tempo angibt, durchbricht ein elektronisches Piepsen die erwartungsvolle Stille im Dom. Die Köpfe aller Kinder wenden sich der Tür zum Übungsraum zu, die weit offen steht. Kein Zweifel, da klingelt ein Handy.

Herr Brauner wird selten böse, aber jetzt ist es so weit. »Wem auch immer dieses verdammte Ding gehört, der soll endlich gehen und es abstellen!«, herrscht er die Kinder an.

Diese sehen sich neugierig nach dem um, der ein Handy in die Probe mitbringt und dann auch noch vergisst, es auszuschalten. Aus der letzten Reihe löst sich ein Junge, der vor Scham dunkelrot angelaufen ist. Es ist Jan! Er hastet in den Übungsraum und einen Moment später verstummt das Klingeln. Immer noch feuerrot kommt er zurück.

»Ich hoffe, dass das nicht noch mal vorkommt!« Herr Brauner ist immer noch aufgebracht.

Jan nickt. »Es tut mir Leid«, murmelt er leise. Das Handy hat ihm seine Mutter geschenkt, damit sie ihn erreichen kann, wenn sie wieder einmal später nach Hause kommt. Sie besteht darauf, dass er es immer bei sich und auch eingeschaltet hat. Sonst stellt er in der Schule und natürlich auch während der Chorproben den Ton ab, aber das hat er heute in der Aufregung vollkommen vergessen. Er schämt sich sehr. Jetzt wissen alle, dass er ein Handy besitzt, und denken sicher, dass er damit angeben wollte. In diesem Moment stößt Martin ihn in die Seite. Erst jetzt bemerkt Jan, dass alle anderen schon singen. Er hat den Einsatz verpasst.

Auch das noch! Er seufzt einmal tief und versucht dann, sich auf die Probe zu konzentrieren.

Alles läuft glatt. Die Kinder im Chor singen laut und sicher und machen kaum Fehler. Auch die Solisten sind gut. Als Pauline, die den König von Ägypten spielen darf, obwohl sie ein Mädchen ist, von der Bühne abtritt, klatschen die anderen begeistert Beifall. Auch Herr Brauner lobt sie: »Du machst das wirklich sehr gut, Pauline!«

Nicht nur Pauline strahlt vor Stolz, sondern auch Charlotte in der ersten Chorreihe. Was hat sie doch für eine begabte Schwester. Vielleicht wird Pauline ja auch einmal Sängerin, so wie Jans Mutter. Charlotte spricht diesen Gedanken laut aus, als sie nach der Probe gemeinsam mit Pauline, Martin, Jonas und Jan zu den Fahrrädern schlendert.

»Wir werfen dir dann auch immer rote Rosen auf die Bühne«, spottet Jonas und Martin witzelt: »Gibst du uns ein Autogramm, wenn du berühmt bist?«

»Ihr spinnt ja!«, sagt Pauline halb verärgert und halb geschmeichelt. Sie selbst fand sich heute nämlich auch sehr gut.

»Was ist, kommt ihr noch mit zu mir?«, fragt Martin die anderen. »Meine Eltern sind nicht da, wir könnten mein neues Computerspiel ausprobieren.«

Jonas ist sofort einverstanden und die Mädchen schließen sich ihm an.

»Was ist mit dir, Jan?«, fragt Pauline. »Du hast noch gar nichts gesagt.«

Jan steckt sein Handy in den Rucksack und schüttelt den Kopf. »Ich kann nicht, leider. Meine Mutter kommt heute später nach Hause und ich muss mich um meinen Bruder kümmern. Sie hat mir auf die Mailbox gesprochen und war ganz schön sauer, dass ich nicht drangegangen bin. Wenn sie öfter zu Hause wäre, könnte ich ihr auch mal erzählen, dass ich freitags im Chor bin.« Er sieht verärgert und ein bisschen müde aus.

»Mach dir nichts aus dem Anschnauzer von Herrn Brauner«, tröstet ihn Charlotte. »Nächste Woche hat er das schon vergessen, wirst sehen.«

Jan sieht sie zweifelnd an.

»Kann doch jedem mal passieren, dass er was vergisst«, meint auch Jonas.

Jan gelingt ein Lächeln. Er schwingt sich auf sein Fahrrad. »Ist trotzdem blöd gelaufen!«, ruft er und winkt seinen Freunden zum Abschied zu.

Charlotte behält Recht. Bei der Chorprobe am Dienstag sagt Herr Brauner nichts mehr zu dem Zwischenfall mit dem Handy. Allerdings hat Jan das komische Gefühl, dass der Chorleiter ihn immer wieder mustert, während er dirigiert. Er gibt sich große Mühe, gerade zu stehen und sehr aufmerksam auszusehen, aber das komische Gefühl bleibt.

»Guck mich mal an, ist irgendwas mit mir?«, flüstert er Martin zu, als Pauline gerade ihr Solo singt.

Martin mustert Jan und schüttelt dann den Kopf. »Nee, alles ganz normal. Wieso?«

»Herr Brauner guckt mich immer so komisch an«, erklärt Jan.

»Wie komisch?«, fragt Martin verständnislos, aber da wird ihr Gespräch unterbrochen.

»Ruhe in der letzten Reihe!«, wettert Herr Brauner so laut,

dass die beiden Jungen zusammenfahren. Schuldbewusst blicken sie zu Boden. Jan ärgert sich, dass er schon wieder Herrn Brauners Zorn auf sich gezogen hat. Dabei hatte er sich fest vorgenommen, heute ganz aufmerksam zu sein, um den Vorfall mit dem Handy wieder gutzumachen.

Schließlich lässt Herr Brauner die Hände sinken und wendet sich an den Jungen am Klavier: »Du kannst schon gehen, Matthias, ich habe mit den Kindern noch etwas zu besprechen.« Er sieht seinen Chor ernst an, während er wartet, bis Matthias den Dom verlassen hat. Dann räuspert er sich kurz. Alle spüren, dass eine besondere Spannung in der Luft liegt, und sind mucksmäuschenstill. »Ich muss etwas sehr Wichtiges mit euch besprechen«, beginnt Herr Brauner schließlich. »Ihr wisst ja, dass ich am Freitag das Geld für die Eintrittskarten eingesammelt habe.« Alle nicken. »Das ganze Geld habe ich in eine Geldtasche gesteckt und in meinen Notenkoffer gepackt. Dieser Notenkoffer stand während der gesamten Chorprobe nebenan im Übungsraum. Als ich am Abend nach Hause kam und das Geld zählen und einschließen wollte, war die Geldtasche nicht mehr da.«

Ein ungläubiges Raunen geht durch die Reihen der Kinder. Plötzlich reden alle durcheinander. Jemand muss das Geld gestohlen haben, aber wer? Wird die Polizei den Dieb finden? Wie viel Geld wohl in der Tasche war? Sicher viel, fast alle Eltern haben mindestens zwei Eintrittskarten gekauft. Und wie ist der Dieb in den Übungsraum gekommen? Der Dom hallt von den aufgeregten Kinderstimmen wider. Herr Brauner hebt die Hand und versucht sich Gehör zu verschaffen.

»Das ist noch nicht alles«, sagt er und alle schauen ihn erwartungsvoll an.

»Hat die Polizei den Dieb schon gefasst?«, fragt ein vorlautes Mädchen aus der ersten Stimme.

»Nein, das hat sie nicht«, antwortet Herr Brauner. »Bis jetzt weiß die Polizei noch gar nicht, dass das Geld verschwunden ist.«

»Aber wie soll sie den Dieb dann erwischen?«, will ein anderer Junge wissen.

»Hört mir zu, ich werde euch alles erklären«, sagt der Chorleiter. Er räuspert sich noch einmal. »Der Übungsraum war während der gesamten Chorprobe verschlossen, es konnte also niemand von draußen hereinkommen und das Geld nehmen. Nach der Probe bin ich zusammen mit euch hinübergegangen, habe aufgeschlossen und euch hinausgelassen. Weil ich es eilig hatte, habe ich den Notenkoffer auf dem Weg zur Tür mitgenommen, damit ich gleich gehen konnte, als ihr alle draußen wart.« Herr Brauner schweigt.

»Das heißt ja«, sagt Pauline langsam, »dass jemand das Geld genommen haben muss, während wir hier im Dom geprobt haben.«

Herr Brauner nickt.

»Und wenn niemand von draußen hereinkonnte«, sagt jetzt Jan, »dann muss es jemand gewesen sein, der schon drin war.«

Ein ohrenbetäubender Lärm bricht unter den Kindern los. Nach und nach begreifen alle, was das bedeutet. Ist wirklich einer von ihnen ein Dieb? »Es muss jemand aus dem Kinderchor eins gewesen sein«, sagen die Kinder aus dem Kinderchor zwei. »Das kann doch nur jemand vom Chor zwei getan haben«, tuscheln die Kinder aus dem Chor eins.

Plötzlich ruft jemand ganz laut: »Der Jan war doch noch mal im Übungsraum, als die Probe schon angefangen hatte!«

Mit einem Schlag ist es still und alle wenden sich zu Jan um. Es dauert einen Moment, bis er begreift, was der Junge da vorne gerade gesagt hat. Er bringt kein Wort heraus, bahnt sich aber grob einen Weg durch die Reihen und packt den Jungen am Kragen.

»Sag das bloß nicht noch mal«, zischt er, aber da geht Herr Brauner dazwischen und trennt die beiden Kampfhähne .

»Moment mal, meine Herrschaften«, sagt er streng. »So läuft das nicht.« Er hält mit jeder Hand einen der Jungen fest und wendet sich wieder an alle. »Ich möchte nicht, dass hier irgendjemand grundlos verdächtigt wird«, sagt er und klingt dabei sehr ernst. »Es gibt nichts Schlimmeres, als unschuldig unter Verdacht zu stehen. Aber Diebstahl ist eine ernste Sache. Sehr ernst. Ich kann mir nicht vorstellen, dass wir tatsächlich einen hinterhältigen Dieb im Chor haben, der nicht nur stiehlt, sondern auch noch mitansieht, wie sich die anderen Kinder gegenseitig verdächtigen. Das traue ich euch nicht zu.« Herr Brauner macht eine Pause und sieht jeden einzeln an. »Deswegen habe ich mir Folgendes überlegt«, fährt er schließlich fort. »Bis zur nächsten Chorprobe am Freitag werde ich nichts unternehmen. Derjenige von euch, der das Geld genommen hat, kann es bis dahin zurückgeben. Natürlich würde ich mich freuen, wenn er oder sie den Mut hätte, es mir persönlich zu bringen, aber ich verstehe auch, wenn das nicht geht. Darum schlage ich vor, dass die Geldtasche samt Inhalt einfach in meinen Briefkasten gesteckt werden kann. Falls das Geld bis Freitag nicht wieder aufgetaucht ist, bleibt mir leider nichts anderes übrig, als zur Polizei zu gehen. Und unsere Aufführung kann dann natürlich auch nicht stattfinden!« Erst jetzt lässt er die Arme von Jan und dem anderen Jungen los und geht ohne ein weiteres Wort hinaus.

Im Chor herrscht helle Aufregung. Alle reden durcheinander.

»Das kann doch nur Jan gewesen sein, sonst war niemand mehr im Übungsraum«, meint ein Mädchen überzeugt. Andere stimmen ihr zu.

Da dreht sich Charlotte wutentbrannt um und schreit: »Jan war es nicht! Ihr habt doch gehört, was Herr Brauner gesagt hat, man soll niemanden einfach so verdächtigen!«

»Pfff, von wegen einfach so«, schnaubt das Mädchen und wirft selbstsicher seinen dicken Zopf zurück. »Der Einzige, der dauernd mit neuen Sachen ankommt und teure Klamotten trägt, ist doch wohl Jan.«

»Die Sachen schenken ihm seine Eltern!«, verteidigt Charlotte den Freund.

»Ja, ja, wer's glaubt, wird selig!«, gibt die andere höhnisch zurück. »Und außerdem haben alle im Chor gesehen, dass Jan noch einmal im Übungsraum war.«

»Du blöde Kuh!« Charlotte will sich gerade auf ihre Gegnerin stürzen, als Pauline auftaucht und sie zurückhält.

»Komm, Charlotte, mit solchen Leuten geben wir uns doch gar nicht erst ab«, beschwichtigt sie die Schwester. »Lass uns lieber nach Jan sehen.«

Sie zieht Charlotte mit sich, als das Mädchen ihnen noch nachruft: »Schaut an, sogar unsere Supersolistin macht sich für den feigen Dieb stark!«

Charlotte ist empört. »Diese alte Hexe!«, schimpft sie. »Was bildet die sich eigentlich ein?«

»Als Erstes müssen wir uns jetzt mal um Jan kümmern, der war vorhin ganz blass«, mahnt Pauline.

Jan ist sofort hinter Herrn Brauner hergelaufen, als dieser den Dom verlassen hat. »Herr Brauner, ich war es nicht, ich habe das Geld nicht genommen!«, ruft er atemlos, als er den Chorleiter eingeholt hat. »Bitte, Sie müssen mir das glauben!«

Herr Brauner sieht ihn lange an und sagt dann: »Bis Freitag halte ich niemanden für schuldig oder unschuldig, und wenn das Geld dann wieder da ist, werde ich die ganze Sache vergessen.« Dann geht er mit eiligen Schritten davon.

Jan ist den Tränen nah. Er hockt sich an der Rückseite des Doms auf die Steinmauer und bemüht sich, nicht loszuheulen. Die anderen denken sowieso schon alle, dass er ein Dieb ist, da müssen sie ihn nicht auch noch weinen sehen wie ein kleines Kind. So finden ihn Charlotte und Pauline.

»Da bist du ja, Jan!«, ruft Charlotte und läuft zu ihm. »Wir haben dich schon überall gesucht.«

»Glaubst du vielleicht, dass ich mich vorne an den Eingang stelle, wo alle anderen vorbeigehen?« Jan blinzelt und schnieft.

»Weinst du?«, fragt Charlotte erschrocken und setzt sich neben ihn auf die Mauer. Sie will einen Arm um ihn legen um ihn zu trösten, aber Jan stößt sie weg. »Lass mich in Ruhe!«

Charlotte schaut Pauline fassungslos an. Die kramt in ihrer Hosentasche nach einem Tempo und reicht es Jan.

»Danke«, murmelt der und putzt sich geräuschvoll die Nase. In diesem Moment kommen Martin und Jonas um die Ecke.

»Da seid ihr ja!«, rufen sie. »Das ist der Hammer, oder?« Als sie sehen, was die drei für Gesichter machen, verstummen sie. Bis eben fanden sie die ganze Angelegenheit einfach nur spannend und aufregend. Aber jetzt wird ihnen klar, wie schlimm es für Jan sein muss, verdächtigt zu werden. Sie schwingen sich ebenfalls auf die Mauer.

Pauline geht nachdenklich auf und ab. Schließlich bleibt sie vor den Freunden stehen und sieht sie lange an. »Jan«, sagt sie dann leise, »es tut mir wirklich Leid, aber ich muss dich das jetzt fragen.« Jan hebt den Kopf und erwidert Paulines Blick. »Wir sind Freunde und ich erwarte eine ehrliche Antwort«, fährt sie fort. Jan nickt. »Hast du das Geld genommen?«

Empört springt Charlotte auf. »Fängst du jetzt auch noch an?«, fährt sie ihre Schwester wütend an. »Reicht es nicht, dass die anderen Jan verdächtigen?«

»Ich verdächtige Jan nicht«, verteidigt sich Pauline, »ich frage ihn, ob er das Geld genommen hat.«

»Wo ist da der Unterschied?« Charlotte lässt sich nicht bremsen, aber Pauline bleibt ruhig.

»Ganz einfach«, sagt sie. »Wenn Jan sagt, dass er das Geld genommen hat, werden wir ihm dabei helfen, es bis Freitag zurückzugeben. Wenn er es nicht genommen hat …« Sie macht eine nachdenkliche Pause. »… müssen wir überlegen, wie wir die Ehre des Chores und das Musical retten können. Sonst erfährt die ganze Stadt, dass eins von den Chorkindern am Dom ein Dieb ist und deswegen die Aufführung platzt.«

Jan ist von der Mauer geklettert und schiebt Charlotte energisch zur Seite. »Lass mal gut sein, Charly«, sagt er und stellt sich vor Pauline hin. »Ich schwöre«, sagt er feierlich und blickt die anderen dabei der Reihe nach fest an, »dass ich das Geld nicht genommen habe.«

Pauline nickt bedächtig. »Okay«, sagt sie. »Dann schlage ich vor, dass wir uns bei uns zu Hause treffen. Bis Freitag ist nicht viel Zeit und wir brauchen einen guten Plan.«

Martins Entdeckung

Eine Stunde später sitzen Charlotte, Pauline, Jan und Jonas in Paulines Zimmer. Charlotte hat von ihrer Mutter eine große Schüssel Kartoffelchips und reichlich zu trinken organisiert. »Wir müssen etwas ganz Wichtiges besprechen, und wenn man was zu Knabbern hat, kann man besser denken«, hat sie erklärt und dabei ein sehr ernstes Gesicht gemacht.

Jetzt hocken die vier Kinder auf dem Fußboden, schieben sich Chips in den Mund und warten auf Martin. Alle sind in Gedanken versunken und schweigen. Als die Schüssel leer und Martin immer noch nicht da ist, steht Pauline auf. »Ich hol noch mal Chips und dann fangen wir an, auch ohne Martin!«

Als sie zurückkommt, ist Martin immer noch nicht aufgetaucht.

»Vielleicht haben seine Eltern ihn nicht noch mal weggelassen«, vermutet Jonas.

»Kann sein«, meint Pauline, »aber dann hätte er ja wenigstens anrufen können.«

»Egal«, wirft Charlotte ein, »wir müssen uns überlegen, was wir tun können, damit niemand mehr Jan für einen Dieb hält.«

Jan lehnt sich seufzend zurück. »Und wie wollen wir das anstellen?« fragt er.

Die anderen schweigen nachdenklich. Niemand hat einen brauchbaren Einfall.

»Wir könnten das Haus von Herrn Brauner beobachten«, schlägt Charlotte schließlich vor. »Dann sehen wir, wer das Geld zurückbringt.«

»Ich weiß nicht«, Jan zögert. »Was soll das bringen? Wir können doch schlecht vor dem versammelten Chor herausposaunen, dass wir wissen, wer der Dieb ist, wenn das Geld schon wieder da ist und Herr Brauner eigentlich nichts mehr von der Sache hören will.«

»Aber wenn wir nichts tun, dann bleibt der Verdacht an dir hängen, auch wenn das Geld am Freitag wieder da ist«, erwidert Charlotte. »Esther aus der ersten Stimme wird behaupten, dass du das Geld wieder zurückgegeben hast, weil du Angst bekommen hast. Sie ist felsenfest davon überzeugt, dass du der Dieb bist.«

Jan schaut betrübt drein. Er weiß, dass Charlotte Recht hat, will aber auch nicht, dass ein anderer durch seine Schuld vor dem ganzen Chor als Dieb entlarvt wird. Laut sagt er: »Ich glaube, es ist das Beste, wenn wir erst mal abwarten, ob das Geld am Freitag wieder da ist. Ich mache mich doch nur noch unbeliebter, wenn ich jetzt heimlich Herrn Brauner beobachte, nur um den Verdacht von mir abzulenken.«

Die anderen schweigen. Es ist wirklich eine verzwickte Situation. Um zu beweisen, dass Jan unschuldig ist, müssten sie den wirklichen Schuldigen finden. Dann wäre Jan zwar aus dem Schneider, aber ein anderer vor dem ganzen Chor als Dieb bloßgestellt. Genau das wollte Herr Brauner mit seinem Angebot ja eigentlich vermeiden.

Pauline seufzt und greift noch einmal in die Schüssel mit den Chips. »Ich glaube, Jan hat Recht«, sagt sie mit vollem Mund. »Wir können nur abwarten, was am Freitag passiert. Und wenn das Geld nicht wieder da ist, wird die Polizei den Dieb schon finden.«

»Und unser Musical fällt ins Wasser«, ergänzt Jonas trübsinnig.

Charlotte springt empört auf. »Das können wir nicht zulassen!« Sie läuft im Zimmer auf und ab. »Ich finde, wir dürfen nicht bis Freitag warten. Wenn der Dieb das Geld dann doch nicht zurückgibt, können wir überhaupt nichts mehr tun. Dann ist das Sache der Polizei und das Musical wird abgesagt.«

»Und was willst du machen?«, fragt Jan und hält Charlotte am Ärmel ihres Pullis fest, als sie auf ihrem Weg kreuz und quer durch den Raum an ihm vorbeistapft.

»Wir müssen herausfinden, wer das Geld genommen hat und denjenigen dazu bringen, es zurückzugeben. Wenn das Geld wieder da ist, können wir mit Herrn Brauner besprechen, was wir machen können, damit niemand mehr denkt, Jan war der Dieb«, sagt Charlotte und hockt sich wieder neben Jan auf den Boden.

»Und wie willst du das schaffen?«, will Pauline wissen. »Bis Freitag haben wir nicht mal mehr drei Tage Zeit und wir haben nicht die leiseste Ahnung, wer das Geld genommen haben könnte. Wie sollen wir das denn rauskriegen?«

Das weiß Charlotte allerdings auch nicht. Sie zuckt mit den Schultern und schaut die anderen ratlos an.

Genau in diesem Moment wird die Tür zu Paulines Zimmer aufgerissen und Martin stürzt atemlos und mit hochrotem Gesicht herein. »Ihr glaubt nicht, was ich gerade gesehen habe!«, stößt er hervor und lässt sich auf Paulines Bett fallen. »Florian hat das Geld genommen!«

Charlotte, Jan und Jonas stürzen sich sofort auf Martin und bombardieren ihn mit Fragen. »Woher weißt du das?«, »Kannst du das beweisen?« und »Wo warst du überhaupt so lange?«, rufen die drei durcheinander.

Doch Martin ringt nach Luft und kann nicht antworten. Er muss erst einmal tief durchatmen. Nur Pauline denkt wieder einmal praktisch. Sie schenkt Martin ein Glas Saft ein und reicht es ihm zusammen mit den restlichen Chips.

»Danke«, keucht Martin, trinkt den Saft in einem Zug aus und stopft sich dann eine Hand voll Chips in den Mund.

Die anderen brennen darauf, zu erfahren, was passiert ist, aber Martin schweigt so lange, bis er alle Chips vertilgt hat.

»Jetzt erzähl aber endlich«, drängt ihn Charlotte, sobald er sich die letzten Krümel in den Mund geschoben hat.

»Auf dem Weg hierher habe ich die Abkürzung über den Sportplatz genommen, weil meine Mutter mich so lange aufgehalten hat. Ich musste ihr erst lang und breit erklären, wo ich hin will und warum es so eilig ist.« Martin schiebt mit dem Zeigefinger seine Brille, die jetzt wirklich ein wenig runtergerutscht war, nach oben und verzieht das Gesicht.

»Weiter!«, drängt Charlotte, die vor Aufregung ganz dicht an ihn herangerückt ist.

»Jedenfalls habe ich Florian hinter einer der Sporthallen gesehen«, fährt Martin fort. »Er war nicht allein, so ein paar Typen aus der Zehnten waren bei ihm. Fiese Kerle. Erst haben sie ihn mit ihren Fahrrädern eingekreist, dann sind sie abgestiegen und haben ihn rumgeschubst. Ich bin vorsichtig näher rangeschlichen, weil ich dachte, dass er vielleicht Hilfe brauchen könnte. Ich konnte nichts verstehen, aber ich habe gesehen, wie Florian plötzlich etwas aus seinem Rucksack gezogen hat.« Martin macht eine dramatische Pause und sieht die anderen an.

Charlotte hält es nicht länger aus. »Nun sag schon!«, schreit sie ihn an.

»Es war die Geldtasche, in der Herr Brauner am Freitag das Geld für die Eintrittskarten eingesammelt hat.«

»Das darf doch nicht wahr sein!«, schreit Charlotte. »Florian hat das Geld gestohlen, um vor den Großen damit anzugeben? So ein Mistkerl! Na, dem werde ich was erzählen!« Sie ist kaum zu bremsen.

»Jetzt hör mir doch erst mal zu Ende zu!«, fährt Martin sie scharf an. Erschrocken über sein böses Gesicht setzt Charlotte sich ohne ein weiteres Wort wieder hin. »Florian hat mit dem Geld nicht angegeben, er hat es abgeliefert«, sagt Martin ernst.

»Wie meinst du das?«, will Jan wissen und sieht Martin verständnislos an.

»Er hat es tatsächlich abgeliefert«, bekräftigt der noch einmal. »Der größte von diesen Typen hat ihm die Geldtasche aus der Hand gerissen, hineingeschaut und ein paar Scheine herausgezogen. Die hat er an seine Kumpels verteilt und den Rest selbst eingesteckt. Florian wollte sich schon verdrücken, aber sie haben ihn noch mal zurückgerufen. Sie haben ihm seinen Rucksack abgenommen und den total auf den Kopf gestellt. Alle Noten, die drin waren, haben sie in den Dreck geworfen, seine Schreibsachen haben sie eingesteckt und den Rucksack konnte er sich später aus der nächsten Pfütze angeln. Dann sind sie abgehauen.« Martin schweigt und die anderen sehen ihn entgeistert an.

Charlotte schämt sich für das, was sie gerade über Florian gesagt hat. »Warum hat er ihnen denn das Geld gegeben?«, fragt sie verwirrt.

»Sei doch nicht blöd, Charlotte«, sagt Jonas. »Die haben den Kleinen nach Strich und Faden abgezogen und das wahrscheinlich nicht zum ersten Mal.«

»Das glaube ich allerdings auch.« Martin nickt bekräftigend. »Die lauern ihm irgendwo auf und nehmen ihm alles ab, was er besitzt. Jacke, Schuhe, Rucksack, Geld, einfach alles. Und wenn einer dann nichts mehr hat, drohen sie ihm so lange, bis er irgendwie Geld beschafft.«

»Und sie suchen sich immer die aus, die sich nicht wehren können!« Jan schnaubt vor Wut. »Diese verdammten Mistkerle!«

Charlotte schaut immer noch verständnislos. »Ihr meint, Florian hat das Geld gestohlen, nur um es diesen Typen zu geben? Warum hat er nicht seine Eltern oder einen Lehrer oder Herrn Brauner um Hilfe gebeten? Denen wäre doch bestimmt etwas eingefallen. Stattdessen stiehlt er für diese

Bande das Geld aus der Chorkasse. Das kann er doch nicht machen!«

Jetzt mischt sich Pauline in das Gespräch ein. »Wahrscheinlich haben ihm diese Kerle mit irgendwas gedroht und ihm damit solche Angst gemacht, dass er lieber zum Dieb geworden ist, als jemandem zu erzählen, was die mit ihm machen.«

Die anderen nicken.

»Vielleicht hat er sich auch geschämt zuzugeben, dass er allein nicht gegen die ankommt«, vermutet Jan. »Er wird ja sowieso gehänselt, weil er so klein ist.«

Eine Weile starren alle fünf Kinder nachdenklich vor sich hin. Sie stellen sich vor, wie schlecht es Florian die ganze Zeit über gegangen sein muss, allein mit seiner Angst und ohne einen richtigen Freund. Er tut ihnen nachträglich furchtbar Leid.

»Ich hätte mich ein bisschen mehr um ihn kümmern sollen«, sagt Charlotte schließlich leise. Sie ist den Tränen nahe. »Er sitzt immerhin neben mir, aber ich habe ihn einfach nicht beachtet.«

Jan legt ihr tröstend den Arm um die Schulter. »Mach dir keine Vorwürfe, Charly, du kannst wirklich nichts dafür. Florian hat doch nie jemanden an sich herangelassen.«

Charlotte schluckt an ihren Tränen und nickt zaghaft. Ein bisschen plagt allerdings jedes der Kinder das schlechte Gewissen. Zwar hat keiner von ihnen mitgemacht, wenn die anderen Florian geärgert und verspottet haben, aber geholfen haben sie ihm auch nicht.

»Wir müssen uns unbedingt etwas einfallen lassen«, sagt Pauline schließlich ernst. »Wenn Florian das Geld an diese Erpresserbande abgeliefert hat, dann kann er es nämlich unmöglich bis Freitag zurückgeben. Und wie die Dinge stehen, wird er Herrn Brauner auch nicht anvertrauen, dass er das Geld genommen und wofür er es gebraucht hat. Ihr wisst, was das bedeutet.«

»Das Musical fällt aus und die Polizei untersucht den Diebstahl«, seufzt Jonas.

»Die wird ganz sicher herausfinden, dass Florian der Dieb ist und dann wissen es alle«, setzt Pauline hinzu.

Charlotte schnieft vernehmlich, sagt dann aber mit fester Stimme: »Das dürfen wir auf keinen Fall zulassen. Wir müssen dafür sorgen, dass Herr Brauner das Geld zurückbekommt und niemand erfährt, wer es genommen hat. Florian ist doch nur aus Not zum Dieb geworden.« Sie ist fest entschlossen, das wieder gutzumachen, was sie die ganze Zeit versäumt hat.

»Wie willst du das anstellen?«, fragt Martin. »Ich hab die Typen gesehen, die geben das Geld ganz sicher nicht mehr raus.«

»Sie müssen aber!«, ruft Charlotte verzweifelt.

»Jetzt mal ganz ruhig«, beschwichtigt sie Pauline. »Ich finde auch, dass etwas passieren muss, aber wir brauchen einen wirklich guten Plan, sonst haben wir gegen diese Bande keine Chance.«

Wieder versinken die Kinder in nachdenkliches Schweigen. Als es leise an die Tür klopft, fahren sie erschrocken zusammen. Pauline springt auf und öffnet die Zimmertür. Draußen steht ihre Mutter.

»Alles klar bei euch?«, will sie wissen. »Ihr seid ja so still.«

»Ja, ja, alles klar«, versichert Pauline eilig und die anderen stimmen ihr zu.

»Jonas' Mutter hat gerade angerufen, sie möchte, dass er nach Hause kommt. Es ist schon nach acht und morgen ist Schule. Vielleicht solltet ihr für heute besser Schluss machen«, erklärt Frau Lehmann.

»Machen wir, Mama«, verspricht Pauline.

Jan räuspert sich, nachdem Frau Lehmann wieder gegangen ist. »Fassen wir mal zusammen: Wir müssen diese Erpresserbande dazu bringen, das Geld wieder herauszurücken. Außerdem müssten die Typen so einen gepfefferten Denkzettel kriegen, dass sie Florian in Zukunft in Ruhe lassen und auch sonst nie wieder jemanden abziehen. Zusätzlich soll von der ganzen Sache niemand etwas mitbekommen, damit Florian nicht als gemeiner Dieb dasteht, und wir haben nur bis zur Chorprobe am Freitag Zeit.«

»Das schaffen wir nie!« Martin spricht aus, was alle denken.

»Wir müssen es schaffen!« Charlotte will Florian unbedingt helfen.

»Denkt bitte alle heute Nacht darüber nach, was wir machen könnten. Morgen treffen wir uns dann in der großen Pause bei der Kastanie. Da sind wir ungestört.« Pauline steht bereits auf, während sie noch spricht. Charlotte und sie begleiten die drei Jungen noch zur Tür. Als sie weg sind, denken die beiden noch lange über eine Lösung ihres Problems nach, aber es will ihnen einfach nichts einfallen.

Jan radelt ein Stück gemeinsam mit Jonas, bevor sich ihre Wege an einer Straßenecke trennen. Sie verabschieden sich mit einem kurzen »bis morgen«, dann verschwindet Jonas in der Dämmerung. Jan schaut ihm noch einen Moment lang nach, seufzt und fährt dann auch weiter.

Schon von weitem sieht er, dass das große Haus finster daliegt, in keinem Fenster brennt Licht. Auf dem Küchentisch findet er zwei Zettel, einen von der Kinderfrau, die schreibt, dass Moritz heute bei ihr übernachtet, und einen von Carola, auf dem steht, dass im Ofen ein Auflauf ist, den er sich aufwärmen soll. Jan schiebt die Zettel weg. Er hat keinen Hunger.

Das Haus ist so leer und still. Schade, dass er nicht länger bei den Zwillingen bleiben konnte, er fühlt sich bei den Lehmanns wirklich wohl. Ihm fällt ein, dass seine Mutter zu einer Extraprobe musste und sicher erst spät nach Hause kommt. Und sein Vater kommt in letzter Zeit auch immer erst nachts. Jan sieht ihn kaum, sogar an den Wochenenden fährt er oft in die Firma.

Jonas Eltern hatten sich anscheinend Sorgen gemacht, als der nicht rechtzeitig zu Hause war. »Hier würde nicht mal jemand merken, wenn ich nicht da wäre«, sagt er laut in die Stille hinein und fühlt sich plötzlich sehr allein. Schnell greift er nach seinem Rucksack und rennt hinauf in sein Zimmer, damit er nicht anfangen muss zu weinen. Er legt eine CD in die neue Stereoanlage und dreht die Lautstärke voll auf. Jetzt ist es wenigstens nicht mehr still. Er wirft sich aufs Bett und hängt seinen Gedanken nach. An diesem Tag ist so viel passiert, dass er noch gar nicht alles begriffen hat. Die Probe im Dom, die Nachricht, dass jemand Herrn Brauners Geldtasche gestohlen hat, die Verdächtigungen, die Beratung in Paulines Zimmer und schließlich Martins Bericht, dass Florian von einer Bande Erpresser abgezogen wird und deshalb das Geld geklaut hat.

Jans Kopf schwirrt. Was wohl passiert, wenn das Geld am

Freitag nicht wieder da ist? Wenn sie es nicht schaffen, die Erpresserbande zu stellen? Bis die Polizei herausgefunden hat, dass Florian der Dieb ist, werden die anderen sicher ihn, Jan, weiter verdächtigen. »Wir müssen es einfach schaffen!«, murmelt er immer wieder. Aber selbst wenn, wird er die nächsten zwei Tage mit dem bösen Verdacht leben müssen. Er ist wirklich froh, dass es Charlotte und die anderen gibt. Trotzdem wäre es jetzt schön, alles einem Erwachsenen erzählen und sich Rat holen zu können. Jan sehnt sich plötzlich sehr danach, von seiner Mutter in den Arm genommen und getröstet zu werden. Bei dem Gedanken daran, wie sie ihn früher oft ins Bett gebracht und ihm etwas vorgesungen hat, kommen ihm doch die Tränen. Schniefend kriecht er ganz tief unter seine Bettdecke. Das Licht lässt er an, die Musik auch. Als seine Mutter spät am Abend nach Hause kommt und sich über das hell erleuchtete Haus und die laute Musik wundert, ist Jan schon lange eingeschlafen.

Der Plan

»Also, zur Sache, Leute«, ergreift Martin am nächsten Morgen unter der Kastanie das Wort. »Wem ist letzte Nacht etwas Brauchbares eingefallen?« Er sieht seine Freunde der Reihe nach an, aber keiner sagt etwas. »Hat denn niemand eine Idee?« Martin macht ein ratloses Gesicht und schiebt schon wieder seine Brille hoch.

Die anderen schütteln stumm die Köpfe. Charlotte verteilt eine Runde Apfelstücke und einen Moment lang ist es ganz still. Nur ab und zu ist ein Knacken zu hören, wenn eins der Kinder in seinen Apfel beißt. Doch plötzlich bekommt Charlotte einen Hustenanfall und ringt nach Luft.

Jan klopft ihr kräftig auf den Rücken. »Etwas langsamer ist manchmal gesünder«, grinst er, aber Charlotte achtet nicht auf ihn.

»Ich habe eine Idee«, keucht sie und wischt sich die Tränen ab, die ihr über die Wangen gelaufen sind.

»Was für eine Idee? Los, sag schon!«, bedrängen die anderen sie.

Charlotte hustet noch einmal und holt dann tief Luft. »Wir wollen doch, dass diese Typen uns das Geld zurückgeben und dass sie nie wieder einen kleineren Schüler abziehen, richtig?«, fragt sie. »Dann hilft nur eins, wir müssen es so machen wie sie.«

Die anderen starren sie verständnislos an. »Du meinst, erpressen und bedrohen?«, fragt Jonas.

Charlotte nickt. »Wenn wir sie nett bitten, geben sie uns das Geld ganz bestimmt nicht zurück. Im Gegenteil, wahrscheinlich ist einer von uns dann ihr nächstes Opfer.«

»Aber wie sollen wir das anstellen?«, fragt Jan zweifelnd. »Die sind glatte fünf Jahre älter und zwei Köpfe größer als wir. Außerdem waren die zu sechst, als Martin sie gesehen hat, und wir sind nur zu fünft. Die haben ganz bestimmt keine Angst vor uns.«

»Vor uns vielleicht nicht, aber ich weiß jemanden, vor dem sie sich ganz bestimmt fürchten werden«, sagt Charlotte geheimnisvoll und sieht Pauline vielsagend an.

Die versteht sofort. »Merlin!«, ruft sie begeistert. »Charlotte, das ist die beste Idee, die du jemals hattest!«

»Könntet ihr uns vielleicht mal erklären, wovon ihr redet?«, wirft Martin ungeduldig ein. »Wer soll Merlin sein und was ist an dem Typen so Furcht erregend?«

Charlotte lacht. »Merlin ist ein Hund«, erklärt sie den anderen. »Pauline und ich gehen ab und zu ins Tierheim und holen uns einen Hund zum Spazierengehen. Meistens nehmen wir Merlin. Er ist ein Schäferhundmischling, total lieb und verschmust.«

»Aber eben ganz schön groß, und wenn man ihn nicht kennt, sieht er echt Furcht erregend aus«, wirft Pauline ein.

»Fremde bellt er ganz wild an«, setzt Charlotte bedeutungsvoll hinzu.

»Und ihr meint, wir können denen mit Merlin Angst einjagen?« Jonas ist nicht so ganz überzeugt von der Idee.

»Ich finde, einen Versuch ist es wert«, meint Jan.

»Am besten gehen wir heute Nachmittag alle zusammen ins Tierheim und schauen uns Merlin an«, schlägt Charlotte vor, aber Pauline schüttelt den Kopf.

»Wenn wir da zu fünft auftauchen, dreht der Hund durch«, wendet sie ein. »Besser, wir beide nehmen nur Jan mit. Dann können wir sagen, dass er neu in der Stadt ist und auch gerne einen Hund ausführen will. Wenn wir Glück haben, bekommt er gleich einen und wir können sogar mit zwei Hunden losziehen.«

»Okay«, nickt Charlotte und auch die anderen sind einverstanden.

»Und was machen wir solange?« Jonas und Martin sehen sich an.

»Es wäre gut, wenn ihr Florian im Auge behalten würdet«, meint Pauline. »Schließlich müssen wir irgendwie herausfinden, wann und wo die Bande ihm auflauert. Ich kann mir nicht vorstellen, dass sie ihn in Ruhe lassen.«

»Sie werden ihn sicher zwingen, weiter für sie zu klauen, weil es beim ersten Mal so gut geklappt hat«, vermutet Martin. »Diese fiesen Typen!«

»Wäre es nicht besser, Florian zu sagen, was wir vorhaben?«, schlägt Jan vor, aber Jonas schüttelt den Kopf.

»Ich glaube nicht, dass das was bringt«, sagt er. »Florian hat so viel Angst, dass er sich wahrscheinlich nicht mal traut zuzugeben, dass er erpresst wird.«

»Das glaube ich auch«, stimmt Martin ihm zu. »Wir müssen ihn beobachten und dann eingreifen, wenn die Bande ihn wieder in die Zange nimmt.«

In diesem Moment klingelt es.

»In der nächsten Pause treffen wir uns wieder hier«, verabreden sie, »dann können wir die Einzelheiten besprechen.«

Beim Hineingehen treffen die fünf auf Esther. Sie bleibt kurz stehen und mustert Jan. »Hast dich wohl die ganze Pause über versteckt, was?«, fragt sie höhnisch. »Ich würde mich auch schämen, wenn alle wüssten, dass ich gestohlen habe.«

Sie hat noch nicht ausgesprochen, da verpasst Charlotte ihr auch schon eine schallende Ohrfeige. Esther ist so verblüfft, dass sie vergisst loszuheulen. Sie hält sich die linke Wange und schaut ihre Gegnerin entsetzt an. Jonas und Martin schieben sich zwischen die beiden.

»Wage es nicht, Jan noch einmal zu beschimpfen«, zischt Jonas Esther zu.

»Sonst bekommst du noch ganz andere Ohrfeigen«, droht auch Martin.

Esther starrt die beiden Jungs erschrocken an, dann sieht sie sich hilfesuchend um. Aber ihre Freundinnen sind längst weitergegangen, sie steht den Fünfen allein gegenüber.

Als sie weglaufen will, hält Pauline sie schnell an ihrer Jacke fest.

»Zuerst entschuldigst du dich bei Jan«, verlangt sie, »dann kannst du gehen.«

Esther schaut Jan nicht an, aber sie murmelt: »Tut mir Leid.« Dann reißt sie sich aus Paulines Griff los und läuft in die Schule.

»Hoffentlich verpetzt sie uns nicht«, meint Jonas.

»Jedenfalls macht sie das bestimmt nicht noch mal«, grinst Charlotte und reibt sich ihre brennende Handfläche.

Jan weiß nicht, was er sagen soll. »Danke«, murmelt er verlegen.

»Ach was«, sagt Martin, »war doch Ehrensache.«

»Los jetzt«, mahnt Pauline, »wir sind sowieso schon die letzten.«

Gerade noch vor Herrn Pfeiffer schlüpfen sie in die Klasse.

In dieser Stunde kann sich keiner der fünf so richtig auf den Unterricht konzentrieren. Sogar die fleißige Pauline weiß heute nicht weiter, als Herr Pfeiffer sie aufruft und um die Lösung einer besonders schwierigen Aufgabe bittet, an der sich vorher schon Jan und Martin vergeblich versucht haben.

Herr Pfeiffer schüttelt nur den Kopf und macht sich daran, die Aufgabe selbst an der Tafel vorzurechnen. Die fünf Verschwörer sind froh, dass sie in der nächsten Stunde

Sport haben. Da fällt es nicht so auf, wenn sie mit den Gedanken ganz woanders sind.

In der nächsten Pause legen sie die letzten Einzelheiten fest.

»Charlotte, Jan und ich könnten so gegen drei mit Merlin und vielleicht noch einem Hund unterwegs sein«, überlegt Pauline.

»Florians Klasse hat heute eine Stunde mehr als wir. Jonas und ich können also zu Hause Bescheid sagen, dass wir den ganzen Nachmittag nicht da sind«, sagt Martin eifrig und Jonas fügt hinzu: »Dann warten wir vor der Schule auf Florian und behalten ihn ab da im Auge.«

»Eine Sache haben wir noch nicht bedacht«, überlegt Pauline. »Wie sollen wir drei davon erfahren, wo die Bande Florian wieder auflauert?«

Die anderen sehen sich ratlos an.

»Wir verabreden einen Treffpunkt«, schlägt Jonas vor.

»Das bringt nichts«, winkt Martin sofort ab. »Wir können doch Florian nicht aus den Augen lassen, um uns irgendwo mit den anderen zu treffen. Dann ist er weg und wir finden ihn nie wieder.«

Sie überlegen hin und her, bis Jan plötzlich ruft: »Leute, ich hab die Idee! Es ist ganz einfach. Schließlich leben wir im 21. Jahrhundert!«

»Und was soll das heißen?« Charlotte kann ihre Ungeduld noch schlechter zügeln als die anderen.

Jan lächelt bedeutungsvoll und sagt lässig: »Das Handy ist bereits erfunden.«

Pauline schlägt sich mit der flachen Hand an die Stirn. »Klar«, stöhnt sie, »da hätte ich auch selbst draufkommen können.« Doch dann verfinstert sich ihr Gesicht. »Hast du dir auch schon überlegt, wie das gehen soll, wenn von uns allen nur du ein Handy besitzt?«

»Hat von euch echt keiner ein Handy?«, fragt Jan ungläubig. Die anderen schütteln die Köpfe.

»Wozu auch«, meint Charlotte ironisch, »bis jetzt habe ich noch nie eine Erpresserbande jagen müssen.«

»Meine Schwester hat ein Handy«, wirft Jonas ein. »Ich könnte es mir leihen.«

»Meinst du, sie gibt es dir?«, fragt Pauline zweifelnd.

»Ich frag sie einfach nicht«, meint Jonas leichthin. »Sie ist heute bis nachmittags in der Schule und da darf sie es nicht mit hinnehmen. Es müsste also auf ihrem Schreibtisch liegen.«

»Kennst du dich denn damit aus?« Pauline ist sich immer noch nicht sicher, ob das eine gute Idee ist.

»Na, hör mal«, ist Jonas empört, »glaubst du, es ist das erste Mal, dass ich mir Susannes Handy ausleihe?«

»Ausleihen ist wohl nicht das richtige Wort«, sagt Pauline streng, ist aber schließlich einverstanden. Es bleibt ihr ja auch nichts anderes übrig, sie brauchen unbedingt ein zweites Handy.

Jonas schreibt sich Jans Handynummer auf und sie verabreden, dass er sich meldet, sobald er Susannes Handy hat.

Kurz nach dem Mittagessen steht Jan bereits bei den Zwillingen vor der Tür und klingelt Sturm. Frau Lehmann öffnet ihm und macht ein besorgtes Gesicht.

»Ist was passiert?«, fragt sie.

Doch Jan stürmt an ihr vorbei die Treppe hinauf und ruft nur schnell: »Nein, alles okay!«

»So sieht es aber nicht aus«, murmelt Frau Lehmann kopfschüttelnd.

»Dich hört man ja noch drei Häuser weiter«, spottet Pauline, die ausgestreckt auf Charlottes Bett liegt.

Jan sieht ein bisschen verlegen aus. »Ich hab mich extra beeilt, damit wir pünktlich loskönnen«, erklärt er.

»Das wäre gar nicht nötig gewesen«, meint Pauline und setzt sich auf.

»Ist was schiefgegangen?«, fragt Jan entsetzt.

»Nein, aber das Tierheim hat noch Mittagspause. Die machen erst um halb drei wieder auf«, erklärt ihm Charlotte.

»Ach so!« Jan seufzt erleichtert und lässt sich neben Pauline aufs Bett fallen.

»Hat Jonas sich bei dir gemeldet?«, will Charlotte jetzt wissen.

»Schon vor einer halben Stunde«, antwortet Jan. »Ich hab die Nummer eingespeichert. Jonas und Martin müssten bereits hinter Florian her sein«, meint er und schaut auf seine Armbanduhr. Es ist eine Uhr von Benetton, genau so eine, wie Charlotte sie sich schon lange wünscht. Sie sieht Jan nachdenklich an.

»Weißt du, was komisch ist«, sagt sie dann, »dass sich diese Bande ausgerechnet Florian als Opfer ausgesucht hat.«

»Wie meinst du das?«, will Pauline wissen.

»Na ja, Florians Eltern sind geschieden, er lebt mit seiner kleinen Schwester bei seiner Mutter und jeder weiß, dass die nicht viel Geld hat. Sieht man doch schon an seinen Klamotten.«

»Du meinst, sie hätten sich lieber einen wie mich aussuchen sollen, der so richtig teure Sachen hat und garantiert immer wieder Nachschub liefern kann?«, sagt er ironisch grinsend.

»Ich glaube, die interessiert es gar nicht, ob einer teure Klamotten trägt oder billige«, überlegt Pauline. »Die gehen eher danach, ob sich einer einschüchtern lässt oder nicht, und ob er Freunde hat, denen er vertrauen kann.«

»Aber wenn sie von dem trotzdem nichts kriegen?«, gibt Charlotte zu bedenken.

»Die kriegen immer, was sie wollen«, ist Jan überzeugt. »Die drohen einfach so lange, bis sie bekommen, was sie verlangen. Da ist es ganz egal, ob ihr Opfer viel Geld hat oder nicht.«

»Man siehst's ja bei Florian«, wirft Pauline ein. »Der stiehlt sogar, solche Angst hat er vor denen.«

Jan springt auf. »Genau«, stimmt er ihr zu, »und deswegen kann ich auch nicht länger hier rumsitzen.« Er hält plötzlich inne und schaut Charlotte und Pauline an. »Wie gut, dass ich hier gleich so viele Freunde gefunden habe«, lächelt er, »sonst hätten sie es vielleicht doch bei mir versucht.«

Das Tierheim liegt am Stadtrand, nicht weit entfernt vom Wald und von einem kleinen See. Natürlich sind die drei Freunde zu früh, doch pünktlich um halb drei schließt ein junger Mann in Arbeitshose und Gummistiefeln die Tür auf.

»Was macht ihr denn schon hier?«, wundert er sich.

»Wir hatten heute keine Hausaufgaben auf, und weil so schönes Wetter ist, wollten wir Merlin zu einem Spaziergang abholen«, sagt Charlotte schnell.

»Da wird er sich aber freuen«, sagt der junge Mann lächelnd. »Mit euch geht er am liebsten.«

Die Zwillinge lachen stolz.

»Und wer bist du?«, will der junge Mann von Jan wissen.

»Das ist Jan«, sagt Pauline eilig. »Er ist neu in der Stadt und mag Hunde sehr. Vielleicht könnte er auch einen zum Ausführen übernehmen?«

Der Pfleger nickt. »Ich wüsste da schon einen, der sich sehr über einen Spaziergang ab und zu freuen würde. Es ist allerdings kein kleiner Hund«, wendet er sich an Jan.

Der schluckt. »Das macht nichts«, versichert er tapfer, »ich mag große Hunde.« In Wirklichkeit hat er noch nie einen großen Hund kennen gelernt und ist schon gar nicht mit einem spazieren gegangen.

»Okay«, sagt der Pfleger, »dann werde ich euch mal bekannt machen. Ich heiße übrigens Friedrich.« Er greift nach Jans ausgestreckter Hand und schüttelt sie kräftig.

»Jan«, murmelt der und folgt den anderen zu den Hundezwingern.

Schon von weitem werden sie mit lautem Gebell begrüßt. Die meisten Hunde gebärden sich in ihren Zwingern wie toll und springen am Drahtgeflecht ihres Käfigs hoch. Manche liegen nur still da, rühren sich nicht und sehen die Besucher aus traurigen Augen an.

Hoffentlich ist es so einer, denkt Jan im Stillen, als er die Hunde sieht. Da er hinter den anderen hergeht, bemerkt wenigstes niemand, dass er sich so eng wie möglich an die gegenüberliegende Wand drückt, wenn ein Hund an seiner Zwingertür hochspringt und ohrenbetäubend kläfft. Er fühlt sich sehr unbehaglich.

Charlotte und Pauline sind mit Friedrich vor einem der Zwinger stehen geblieben. Der Hund darin führt sich auf wie ein Kreisel. Er dreht sich pausenlos um sich selbst und bellt und jault dabei.

»Ist er krank?«, entfährt es Jan.

»Quatsch, der freut sich!«, antwortet Charlotte und sieht Jan verwundert an. Aber da hat Friedrich die Zwingertür schon geöffnet und der Hund schießt auf die Zwillinge zu, springt abwechselnd an Charlotte und Pauline hoch und versucht ihnen Hände und Gesicht abzulecken. Die beiden streicheln und klopfen den Hund und scheinen sich genauso zu freuen wie er.

»Der führt sich immer so auf, wenn die beiden kommen«, erklärt Friedrich Jan. »Er liebt sie einfach über alles.«

»Wir ihn auch!«, bestätigt Charlotte. »Wenn Mama nicht diese blöde Allergie hätte, hätten wir ihn schon längst mit nach Hause genommen.«

Merlin hat sich ein wenig beruhigt und lässt sich brav von Charlotte an die Leine nehmen. »Er sieht doch ein bisschen gefährlich aus, oder?«, flüstert sie Jan verschwörerisch grinsend zu.

Der nickt nur. Wenn sich Merlin der Erpresserbande gegenüber genauso benimmt, dann funktioniert der Plan, da ist er sich sicher.

»Und nun zu dir, Jan«, sagt Friedrich und steuert auf einen anderen Zwinger zu. Der Hund darin ist tatsächlich noch größer als Merlin und hat ein zottiges schwarzes Fell. Er sieht aus wie ein Wolf und Jan wird unwillkürlich an das Märchen von Rotkäppchen erinnert. *Wenigstens bellt er nicht,* denkt er erleichtert. Doch als er sich dem Zwinger nähert, springt der Wolf auf, knurrt Jan an und zeigt dabei seine riesigen weißen Zähne.

»Keine Angst, der beruhigt sich, sobald er draußen ist«, meint Friedrich, »er verteidigt hier nur sein Revier.« Mit diesen Worten öffnet er die Zwingertür und lockt den Hund mit einem Leckerli nach draußen. »Das ist Mäxchen«, stellt er ihn vor.

Jan starrt ihn entgeistert an, während Charlotte und Pauline in schallendes Lachen ausbrechen. »Mäxchen!«, prusten sie. »Was für ein passender Name für diesen kleinen, süßen Hund.«

Friedrich sieht ein bisschen beleidigt aus. »Der hieß schon so, als er hier abgegeben wurde«, verteidigt er sich und muss dabei selbst lachen. Er reicht Jan ein Leckerli und meint: »Gib ihm das, dann ist er ganz schnell dein bester Freund.«

Jan blickt auf den kleinen Knochen aus Hundekeks in seiner Hand. Er schluckt. Am liebsten würde er diesem Riesenhund den Keks vor die Füße werfen und das Weite suchen. Es war wirklich eine blöde Idee von den Zwillingen, auch für ihn nach einem Hund zu fragen. Er wirft den beiden einen Blick zu und bemerkt dabei, dass sie ihn erwartungsvoll und ungeduldig anschauen. Und hat Pauline nicht schon wieder so einen spöttischen Glanz in den Augen? *Na wartet,* denkt Jan, *euch werd ich's schon zeigen.* Mit festem Schritt geht er auf Mäxchen zu und streckt ihm den Knochen hin. *Jetzt beißt er mir gleich die Hand ab,* denkt er entsetzt. Aber dann sitzt Mäxchen vor ihm und kaut genüsslich. Er hat den Knochen ganz vorsichtig aus Jans Hand genommen.

»Siehst du, was hab ich gesagt«, meint Friedrich und es klingt, als hätte er tatsächlich nichts anderes erwartet. Jan ist erleichtert und traut sich jetzt sogar, Mäxchen über den großen Kopf zu streicheln. Friedrich bringt noch eine Leine und dann können die drei Kinder mit den beiden großen Hunden losziehen. Als sie das Tierheim verlassen, ist es genau drei Uhr. Alles läuft, wie sie es sich vorgestellt haben.

Das ging schief

Charlotte, Pauline und Jan schlendern am Teich entlang. Merlin geht brav neben Charlotte an der Leine, schnuppert hier und da oder hebt das Bein. Jan plagt sich mit Mäxchen ab. Der zieht und zerrt den Jungen von einer Seite des Weges zur anderen und von einem Gebüsch zum nächsten.

»Gehst du eigentlich mit Mäxchen spazieren oder eher Mäxchen mit dir?«, fragt Pauline spöttisch.

»Sehr witzig!«, gibt Jan patzig zurück. Der rechte Arm, mit dem er die Leine mühsam festhält, wird ihm allmählich lahm. »Ihr habt mir diesen Köter aufgehalst, jetzt macht euch gefälligst nicht über mich lustig.«

Die beiden Mädchen sehen sich erstaunt an. »Du wolltest doch gerne auch einen Hund ausführen«, erinnert ihn Charlotte.

»Davon hab ich nie was gesagt«, mault Jan. »Das mit dem zweiten Hund war ganz allein eure blöde Idee.«

»Magst du etwa keine Hunde?« Charlotte kann es nicht fassen.

»Doch, doch«, murmelt Jan, weil die Mädchen nicht wissen sollen, dass er eigentlich ein bisschen Angst vor Hunden hat. »Aber der hier ist einfach schlecht erzogen.«

Als wollte Mäxchen seine Worte bestätigen, zerrt der Hund jetzt so sehr an der Leine, dass Jan in eine große Pfütze stolpert. Genau in diesem Augenblick klingelt sein Handy. Schnell drückt er Pauline Mäxchens Leine in die Hand und kramt das Telefon aus der Jackentasche. »Jan Lorenz«, meldet er sich, dann hört er einen Moment zu und sagt gar nichts. Charlotte und Pauline rücken näher an ihn heran, aber sie verstehen trotzdem nichts von dem, was am anderen Ende gesprochen wird. »Okay«, hören sie Jan nur sagen. »Wir machen uns auf den Weg. In welche Richtung geht er? Jonas? Hallo, Jonas?« Verwirrt starrt Jan auf sein Handy. »Wieso ist das Gespräch denn plötzlich abgebrochen?«

»Was ist passiert? Was wollte Jonas?« Die Zwillinge platzen fast vor Neugier.

»Florian ist grade von zu Hause weg und zum Spielplatz am Fluss«, berichtet Jan. »Von da hat Jonas mich angerufen. Florian ist jetzt auf dem Weg zum Waldrand und Jonas wollte mir gerade sagen, wohin er abbiegt. Genau da ist das Gespräch abgebrochen.«

»Vielleicht ein Funkloch«, meint Pauline.

»Ja, möglich. Ich ruf Jonas einfach noch mal an. Schließlich müssen wir wissen, in welche Richtung wir gehen sollen.« Er sucht in seinem Speicher nach Susannes Nummer und wählt. Gebannt schauen Charlotte und Pauline zu, wie er das Telefon ans Ohr hält und wartet. »Verdammter Mist!«, schimpft er einen Augenblick später.

»Was denn?«, fragen die Mädchen atemlos.

»Jonas hat sein Handy ausgestellt.«

»Wieso das denn?« Charlotte kann es nicht glauben, aber Jan hat es inzwischen schon zum zweiten Mal versucht.

»Der gewünschte Gesprächspartner ist zurzeit leider nicht erreichbar«, äfft er die Stimme der Tonbandansage nach. »Was soll der Mist? Wollen die beiden das Ding alleine durchziehen?«

»Vielleicht ist ihnen was passiert.« Charlotte macht ein ängstliches Gesicht.

»Wahrscheinlich ist nur ihr Akku leer«, sagt Pauline und zuckt mit den Schultern.

Jan starrt sie an. Ja, das ist die einzig logische Erklärung dafür, dass Jonas auf dem Handy plötzlich nicht mehr zu erreichen ist. »So ein Idiot!«, schimpft er los. »Wie kann denn das passieren? Wenn er gleich zu Anfang gesagt hätte, in welche Richtung wir müssen, dann wüssten wir jetzt wenigstens, was wir machen sollen!«

Während Pauline ihm Mäxchens Leine wieder in die Hand drückt und der Hund Jan sofort hinter sich her zum nächsten Gebüsch zerrt, überlegt Charlotte laut: »Wenn man vom Spielplatz aus in den Wald will, kann man drei Richtungen einschlagen. Geradeaus geht es direkt in den Wald oder links und rechts am Waldrand entlang. Der Weg links führt in einem Bogen wieder zum Neubaugebiet zurück, den wird er wohl nicht nehmen, es sei denn, er will einen Spaziergang machen.«

»Wer weiß schon, was der will«, murrt Jan, der Mäxchen mit aller Kraft hinter sich herzieht, um wieder zu den Mädchen zu gelangen.

»Im Grunde hat Jan Recht«, meint Pauline. »Wir wissen weder, wo Florian hinwill, noch, wo die Bande ihm tatsächlich auflauert oder ob sie ihn heute wirklich irgendwohin bestellt hat.«

»Für heute ist unser Einsatz wohl gelaufen«, meint Jan und will Mäxchen schon wieder in Richtung Tierheim zerren. Aber so schnell gibt sich Charlotte nicht geschlagen. »Lasst uns wenigstens noch ein Stückchen den Fluss entlanggehen, vielleicht hat er ja diesen Weg genommen. Es könnte doch sein, dass Jonas und Martin noch einmal die Gelegenheit haben, von einer Telefonzelle aus anzurufen, dann sind wir wenigstens ein bisschen näher an ihnen dran.«

Pauline nickt. »Ich finde, das ist die einzig brauchbare Idee. Wenn wir es heute nicht schaffen, bleibt uns nur noch morgen, um das Geld zurückzukriegen.«

»Na gut«, seufzt Jan und zerrt an Mäxchens Leine.

»Du wirst sehen, morgen geht es schon besser mit ihm«, will Charlotte ihn trösten.

Jan schweigt nur und kämpft trotzig weiter mit dem großen Hund.

Charlotte, Pauline und Jan laufen mit den Hunden noch ein ganzes Stück am Fluss, entlang, aber sie treffen weder auf Florian noch auf Martin und Jonas. Die beiden rufen auch nicht noch einmal an.

»Du bist echt zu blöd!«, fährt Jan Jonas an, als sie abends alle zusammen in Paulines Zimmer hocken.

»Jetzt übertreib mal nicht, Jan«, mischt sich Pauline ein. »Wir können froh sein, dass Jonas das Handy überhaupt bekommen hat. Es ist doch klar, dass immer mal was schief gehen kann.«

»Warum bist du überhaupt so schlecht gelaunt?«, will Martin von Jan wissen, der mit finsterem Gesicht dasitzt und auf den Boden starrt.

»Er hatte ein paar Startschwierigkeiten mit Mäxchen«, antwortet Pauline grinsend für ihn.

»Mäxchen?« Martin guckt verständnislos.

»Das ist der Hund, den Jan jetzt spazieren führen darf«, kichert Charlotte. Obwohl Jan sie wütend ansieht, bricht sie in lautes Lachen aus und berichtet dann, was die drei an diesem Tag erlebt haben und wie Mäxchen sich bei Jan aufgeführt hat. Am Ende können alle nicht anders, als in schallendes Gelächter auszubrechen. Den Gedanken, wie Jan, der doch sonst immer alles im Griff hat, von einem großen, struppigen Hund durch den Wald gezerrt wird, finden sie zu komisch.

»Hast du das Handy jetzt wenigstens ans Ladegerät angeschlossen?«, fragt Jan Jonas, als sich alle ein bisschen beruhigt haben.

»Na, was glaubst du denn?«, gibt der zurück. »Das war vielleicht ein Theater«, berichtet er dann. »Susanne hat natürlich gemerkt, dass ihr Handy verschwunden ist, und mich gleich in Verdacht gehabt. Was meint ihr, wie die über mich hergefallen ist, als ich nach Hause kam.«

»Hast du zugegeben, dass du das Handy hast?«, will Charlotte neugierig wissen.

»Klar, blieb mir ja gar nichts anderes übrig«, antwortet Jonas. »Sie hat mächtig gezetert, besonders, als ich sie gefragt habe, ob sie es mir morgen noch mal leiht.«

»Und?« Charlotte hat ganz große Augen vor Spannung. Wenn Susanne Jonas das Handy nicht gibt, ist ihr ganzer Plan nicht mehr zu gebrauchen.

»Ich konnte sie überzeugen«, meint Jonas lässig und lehnt sich zurück. »Ich hab ihr nämlich eine signierte CD von Jans Mutter versprochen.«

»Steht Susanne denn auf so eine Musik?« Jan kann es kaum glauben. Er selbst ist mit klassischer Musik aufgewachsen, hat sich daran gewöhnt und hört sie inzwischen gern, aber er hat bis jetzt noch niemanden in seinem Alter kennen gelernt, der sie auch mag.

»Ihr Freund hat Gesangsunterricht und will mal Opernsänger werden. Ich glaube, sie hat sich das mehr für ihn gewünscht«, entgegnet Jonas.

»Ist ja auch egal«, strahlt Jan. »Die CD kriegt sie, wenn sie nur das Handy rausrückt.«

»Und morgen ist der Akku voll!«, fügt Jonas noch hinzu.

»Heute hat die Bande Florian auf jeden Fall in Ruhe gelassen«, berichtet Martin. »Der Junge hat echt nur einen Waldspaziergang gemacht. Wahrscheinlich musste er nachdenken.«

»Aber morgen ist unsere letzte Chance«, seufzt Pauline. »Wenn sie ihn morgen auch in Ruhe lassen, war unser Plan umsonst.«

»Ich bin sicher, dass wir morgen Glück haben«, meint Charlotte zuversichtlich. »Eigentlich kann doch nichts mehr schief gehen. Der Akku von Jonas Handy ist wieder aufgeladen, Jan hat sich mit Mäxchen halbwegs angefreundet und den Rest kriegen wir auch noch hin.«

Am nächsten Morgen erwartet sie in der Schule eine böse Überraschung. Herr Pfeiffer betritt die Klasse mit den Worten: »Rückt bitte auseinander und nehmt ein Blatt und einen Stift heraus. Etwas anderes möchte ich nicht auf den Tischen sehen.«

Ein unangekündigter Mathetest, das hat ihnen gerade noch gefehlt. Murrend rücken sie auseinander und kramen in ihren Taschen nach Stift und Zettel.

Stille liegt über der Klasse. Sechsundzwanzig Köpfe beugen sich eifrig über die Matheaufgaben, sechsundzwanzig Kinder versuchen die Lösungen herauszubekommen. Einige machen konzentrierte, andere verzweifelte Gesichter. Charlotte gehört zu den Verzweifelten. Sie ist erst bei der dritten Aufgabe und bekommt sie einfach nicht heraus. Wieder und wieder rechnet sie nach, dabei muss sie eigentlich noch vier andere Aufgaben lösen. »So ein Mist«, schimpft sie leise vor sich hin.

»Ruhe bitte«, mahnt Herr Pfeiffer sofort. Als er sieht, dass Charlotte stecken geblieben ist, geht er zu ihr, schaut ihr über die Schulter und sagt leise: »Versuch doch erst mal die anderen Aufgaben.«

Charlotte blickt verwundert auf. Dann lächelt sie und nickt. Natürlich, am Schluss kann sie ja noch mal an diese verflixte dritte Aufgabe gehen, vielleicht gelingt es ihr dann, die Lösung zu finden. Sie fängt sofort an, die nächste Aufgabe zu rechnen, und denkt dabei, dass Herr Pfeiffer doch nicht so übel ist. Eigentlich ist er sogar ganz nett. Als sie die vorletzte Aufgabe gelöst hat, sieht sie aus den Augenwinkeln, dass Pauline den Stift weglegt und sich zurücklehnt. *Sie ist sicher fertig und hat auch noch alles richtig,* denkt Charlotte ein wenig neidisch und macht sich seufzend an die letzte Aufgabe. Sie hat sie schon fast gelöst, da sagt Herr Pfeiffer: »Noch eine Minute, dann sammle ich die Blätter ein.«

Eilig rechnet Charlotte die Aufgabe zu Ende. Für die Aufgabe drei hat sie nun keine Zeit mehr. Mit betrübtem Gesicht gesellt sie sich in der Pause zu ihren Freunden. Die sind bereits dabei, ihre Ergebnisse zu vergleichen. Charlotte hört stumm zu und ihre Hoffnung, noch eine Drei zu bekommen, wird immer geringer.

Jan bemerkt ihr niedergeschlagenes Gesicht. »Kopf hoch, Charly, es wird schon reichen«, tröstet er sie, weil er weiß, dass sie in Mathe nicht so gut steht.

Charlotte gelingt ein Lächeln. In diesem Moment kommt Pauline um die Ecke geschossen.

»Und, welche Ergebnisse hast du rausbekommen?«, will Martin sofort wissen, weil Pauline eigentlich immer alles richtig hat.

»Ergebnisse?« Pauline sieht ihn verwirrt an. »Ach, der Mathetest, der ist jetzt nicht so wichtig.«

»Aber für heute Nachmittag ist doch alles klar, oder? Wir machen es ganz genauso wie gestern, nur dass heute der Akku von Susannes Handy voll ist.« Jan grinst Jonas an und der grinst zurück.

Pauline starrt die anderen an. »Sagt bloß, es ist noch keinem von euch aufgefallen, dass Florian heute gar nicht in der Schule ist!«

»Wie – nicht in der Schule?« Martin glaubt seinen Ohren nicht zu trauen.

»Na, er ist eben nicht da«, erklärt Pauline ungeduldig. »Wahrscheinlich krank, sagen die aus seiner Klasse.«

»So ein großer Mist«, schimpft Charlotte los. »Was machen wir denn jetzt?«

In diesem Moment klingelt es zur nächsten Stunde und die fünf Detektive haben keine Gelegenheit mehr zu beraten, was nun zu tun ist.

Keiner von ihnen kann dem Unterricht der nächsten Stunden folgen. Wenn Florian nicht in der Schule ist, dann ist ihr gesamter Plan für die Katz. Und wenn das Geld morgen nicht wieder da ist, wird Herr Brauner die Polizei anrufen.

In der nächsten Pause kommen sie wieder unter der Kastanie zusammen. Pauline spricht aus, was alle denken: »Entweder es fällt uns schnell was ein oder das Musical fällt ins Wasser und jeder wird erfahren, dass Florian der Dieb ist.«

»Vielleicht sollten wir uns vor Florians Haus postieren und warten, ob er heute Nachmittag noch mal rausgeht«, schlägt Martin halbherzig vor.

»Viel zu unsicher«, meinen die anderen dazu. »Nachher stehen wir den ganzen Nachmittag da rum, es passiert nichts und alles war umsonst.«

»Eigentlich bleibt uns doch nur eine Möglichkeit«, sagt Charlotte da. Alle sehen sie an. »Wir müssen zu Florian nach Hause gehen und ihm sagen, dass wir Bescheid wissen und ihm helfen wollen. Und dann müssen wir ihn dazu überreden, sich mit der Bande zu treffen, damit wir ihnen auflauern und sie einschüchtern können.«

»Das wird sicher schwierig«, seufzt Jonas.

»Aber es ist wahrscheinlich wirklich die einzige Chance, die wir haben«, pflichtet Jan Charlotte bei.

»Dann lasst uns überlegen, wie wir am besten vorgehen.« Pauline ist schon wieder ganz bei der Sache.

»Ich glaube nicht, dass es gut ist, wenn wir alle zu Florian gehen«, meint Jan.

»Dann machen wir es doch so wie gestern«, schlägt Martin vor. »Ihr drei geht ins Tierheim und Jonas und ich gehen zu Florian.«

Aber Charlotte schüttelt den Kopf. »Ich glaube, es ist besser, wenn ich mit zu Florian gehe, immerhin sitzen wir im Chor nebeneinander. Vielleicht kann ich ihn davon überzeugen, dass wir ihm wirklich nur helfen wollen.«

»Wer geht mit Charlotte?«, fragt Pauline die Jungs.

»Ich«, meldet sich Jan. Er sieht das spöttische Grinsen der anderen und fügt sofort ärgerlich hinzu: »Nicht wegen Mäxchen, falls ihr das denkt.« Das Grinsen der anderen wird noch breiter. »Immerhin weiß ich, wie man sich fühlt, wenn man als Dieb verdächtigt wird. Vielleicht glaubt Florian mir, dass ich nachfühlen kann, wie es ihm geht.«

Jonas und Martin grinsen zwar immer noch unverschämt, aber Charlotte und Pauline finden Jans Vorschlag gut.

Florians Geschichte

Nach der letzten Stunde machen Charlotte und Jan sich sofort auf den Weg zu Florian. Jonas und Martin haben ihnen den Weg beschrieben und so stehen sie bald vor einem großen Wohnblock mit grauer Fassade.

»Sieht ziemlich traurig aus«, stellt Charlotte bedrückt fest.

Jan nickt und denkt an das große Haus, in dem seine Familie wohnt.

Sie suchen auf den Klingelschildern nach Florians Nachnamen. *Bergdorf,* fünfter Stock, Wohnung 5c. Charlotte und Jan schauen sich einen Moment lang zögernd an, dann drückt Charlotte entschlossen auf den Klingelknopf.

»Ja bitte?«, kommt eine Frauenstimme aus dem Lautsprecher.

»Wir möchten zu Florian«, sagt Charlotte und fügt vorsichtshalber hinzu: »Ich bin Charlotte Lehmann.«

»Moment bitte«, antwortet die Stimme, es knackt im Lautsprecher und gleich darauf hören sie den Türsummer.

Erleichtert drücken die beiden Kinder die schwere Haustür auf und treten in das düstere Treppenhaus. Charlotte hält Jan, der sofort auf den Fahrstuhl zusteuert, am Ärmel fest.

»Können wir bitte die Treppe nehmen? Ich fahre nicht gerne Fahrtstuhl«, gibt sie mit gesenktem Kopf zu.

Jan seufzt. Zu Fuß bis in den fünften Stock, auch das noch. Aber Charlotte schaut ihn so flehentlich an, dass er nachgibt. Es erstaunt ihn, dass auch die draufgängerische und immer so energische Charlotte vor etwas Angst hat.

»Wohnung 5c, hier ist es«, keucht Jan und drückt noch einmal auf den Klingelknopf neben der Wohnungstür.

Eine Frau öffnet und lächelt sie freundlich an. »Das ist aber nett, dass ihr Florian besuchen wollt«, sagt sie und macht eine einladende Geste.

»Wir wollten mal sehen, wie es ihm geht«, sagt Charlotte und betritt vor Jan die Wohnung. Neugierig sieht sie sich um. Die Wohnung ist klein, aber sehr gemütlich. Durch die offene Wohnzimmertür kann Charlotte helle Möbel und bunte Fotografien erkennen, im Flur hängt ein riesiger Spiegel in einem geschwungenen Rahmen.

»Es freut mich, dass Florian endlich Freunde in der Klasse gefunden hat«, sagt Frau Bergdorf, »bis jetzt hat er sich ein wenig einsam gefühlt.«

Jan und Charlotte schauen ein wenig verlegen drein und Jan gibt zu: »Wir gehen nicht in Florians Klasse, sondern in die 5a.«

»Aber wir sind auch im Chor, daher kennen wir ihn«, fügt Charlotte rasch hinzu. »Ich sitze neben ihm.«

»Ach ja, Charlotte«, sagt Frau Bergdorf zur Überraschung der Kinder, »von dir hat Florian schon öfter gesprochen.«

Charlotte ist ehrlich erstaunt, weil sie bis jetzt immer das Gefühl hatte, dass Florian sie gar nicht wahrnimmt, aber zum Glück braucht sie nicht zu antworten.

Frau Bergdorf öffnet eine weitere Tür, die vom Flur abgeht und sagt in das Zimmer hinein: »Florian, hier ist Besuch für dich. Ich hole jetzt Marie vom Kindergarten ab!«

Charlotte und Jan betreten zögernd das Zimmer. Verlegen stehen sie vor Florian, der im Bett liegt und ihnen den Rücken zudreht.

»Hallo, Florian, wir wollten mal gucken, wie es dir geht«, sagt Charlotte schließlich.

»Du warst heute nicht in der Schule und die anderen aus deiner Klasse meinten, du seist krank«, fügt Jan hinzu, aber Florian liegt stumm im Bett und rührt sich nicht.

Einen Moment lang stehen die beiden Kinder ratlos im Zimmer herum und wissen nicht, was sie sagen sollen. Charlotte schaut Jan Hilfe suchend an, aber der zuckt nur mit den Schultern und verzieht das Gesicht.

Da fasst Charlotte einen Entschluss. Sie geht zum Bett, setzt sich auf den Rand und sagt ganz ernst: »Florian, wir sind aus einem ganz bestimmten Grund hier. Es ist wegen des Geldes aus der Chorkasse.« Keine Reaktion. Charlotte seufzt. »Wir wissen, dass du das Geld genommen hast, und wir wissen auch, was du damit gemacht hast. Martin hat gesehen, wie die Jungs aus der Zehnten dir aufgelauert und dich bedroht haben. Du hast ihnen das Geld gegeben, weil du Angst vor ihnen hattest, oder?«

Florian antwortet immer noch nicht, aber Charlotte sieht, dass seine Schultern zucken. Er weint. Sie will eine Hand auf seinen Rücken legen, aber er dreht sich weg.

»Wir sind hier, weil wir dir helfen wollen«, kommt Jan Charlotte zu Hilfe. »Wir haben einen Plan, wie wir die Bande dazu bringen können, das Geld zurückzugeben und dich von jetzt an in Ruhe zu lassen.«

»Bitte, Florian, du musst mit uns reden«, fleht Charlotte. »Wenn das Geld morgen nicht wieder bei Herrn Brauner ist, dann untersucht die Polizei den Diebstahl. Die finden doch sowieso raus, dass du das Geld genommen hast, und dann erfährt der ganze Chor, dass du ein Dieb bist. Willst du das etwa?«

Mit einem Ruck dreht Florian sich um und starrt Jan und Charlotte mit verweinten Augen an. »Was macht es für einen Unterschied, ob die anderen Kinder es von der Polizei oder von euch erfahren?«, stößt er schluchzend hervor. »Ich habe das Geld genommen und damit den ganzen Chor blamiert.«

»Wir werden nicht sagen, dass du es warst«, versichert Charlotte, die erschrocken darüber ist, wie blass Florian aussieht.

»Und wieso nicht?«, fragt er böse. »Bis jetzt hat es noch jedem Spaß gemacht, mich zu ärgern und zu quälen.«

Charlotte und Jan sehen sich betroffen an. Charlotte ist selbst den Tränen nahe, als sie versichert: »Wir wollen dir wirklich helfen, Florian. Wir möchten, dass Herr Brauner das Geld zurückbekommt und die Sache aus der Welt ist. Dann ist unsere Aufführung gerettet, wir haben keinen Dieb mehr im Chor und Jan wird nicht mehr zu Unrecht verdächtigt.«

Florian runzelt die Stirn, als er sagt: »Ach so ist das, ihr wollt nur den Verdacht von Jan abwenden. War ja klar, dass ihr euch nicht um mich Sorgen macht, sondern nur um euch selbst.«

Jans Stimme klingt beschwörend. »Zugegeben, am Anfang wollten wir den Dieb fangen um zu beweisen, dass ich unschuldig bin. Es ist nicht witzig, verdächtigt zu werden, ein Dieb zu sein, nur weil man von den Eltern teure Sachen geschenkt bekommt.«

»Du tust mir wirklich Leid«, wirft Florian verächtlich ein.

Jan lässt sich nicht beirren. »Ich bin kein Dieb und ich möchte auch nicht für einen gehalten werden«, sagt er bestimmt.

»Aber ich bin einer«, flüstert Florian.

»Du hast aber doch nicht aus Bosheit gestohlen, sondern aus Angst«, beruhigt ihn Charlotte.

»Was ist das schon für ein Unterschied?« Florian weint jetzt wieder.

»Ein sehr großer.« Charlotte streichelt Florians Arm und diesmal lässt er es sich gefallen. »Wir haben einen Plan gemacht, wie wir die Erpresserbande kriegen können, Florian.«

Florian schnieft und schaut Charlotte zweifelnd an. »Aber die haben gesagt, dass meiner kleinen Schwester was passiert, wenn ich nicht mache, was sie sagen.«

»Was?« Jan ist ehrlich entsetzt. Bei der Vorstellung, dass jemand seinem eigenen kleinen Bruder etwas antun könnte, wird ihm ganz schlecht. »Wie alt ist denn deine Schwester?«

»Sie geht noch in den Kindergarten«, antwortet Florian.

»Aber da kommen die Typen doch gar nicht an sie ran«, meint Jan halb beruhigt. »Deine Mutter bringt sie sicher hin und holt sie wieder ab? Und nachmittags wird sie auch nicht alleine auf die Straße gehen, oder?«

»Alleine nicht«, sagt Florian leise, »aber mit mir. Ich hole sie nach der Schule vom Kindergarten ab, weil meine Mutter den ganzen Tag arbeitet. Sie hat sich nur heute wegen mir freigenommen.«

»Mach dir mal keine Sorgen, das kriegen wir schon hin«, sagt Charlotte ernst. »Es könnte dich doch ab jetzt immer einer von uns begleiten, wenn du deine Schwester abholst.«

Florian starrt sie ungläubig an. »Das würdet ihr tun?«

»Klar, kein Problem«, sagt Jan. »Mein kleiner Bruder geht auch noch in den Kindergarten, vielleicht können die beiden mal miteinander spielen.«

Den Vorschlag findet Florian gut. Wenn Marie mit Jans Bruder spielen könnte, dann könnte er selbst vielleicht mit Jan … Er sieht den Jungen, der da auf seiner Bettkante sitzt, lange an. »Wie wollt ihr denn die Bande dazu bringen, das Geld wieder rauszurücken und mich in Ruhe zu lassen?«, fragt er zögernd.

Jan und Charlotte fangen gleichzeitig an, Florian ihren Plan zu erklären, und brechen dann in Gelächter aus. Charlotte überlässt Jan das Wort und der erklärt kurz und sehr anschaulich, was sie vorhaben.

»Unser Problem ist allerdings«, fügt Charlotte hinzu, als Jan fertig ist, »dass wir nur noch heute Nachmittag haben, um die Bande zu erwischen.«

»Das ist kein Problem«, meint Florian leichthin und lächelt zum ersten Mal ein bisschen. »Sie wollen mich heute Nachmittag um halb vier am Steinbruch treffen. Wahrscheinlich um mir zu sagen, was sie als Nächstes verlangen.«

»Dann los«, bestimmt Charlotte. »Die anderen sind bestimmt schon am Tierheim. Diese Bande wird noch ihr blaues Wunder erleben!«

Während sich Florian, immer noch blass und mit verstörtem Gesicht, anzieht, telefoniert Jan mit Jonas. »Jonas, Martin und Pauline rennen sofort los«, berichtet er, als er aufgelegt hat. »Sie haben die Hunde schon geholt, aber bis zum Steinbruch ist es ein ziemliches Stück.«

»Okay«, meint Charlotte und wendet sich an Florian: »Am besten, du gehst alleine vor, damit die Bande nicht merkt, was wir vorhaben.« Als sie Florians entsetztes und verängstigtes Gesicht sieht, sagt sie schnell: »Keine Angst, wir bleiben dicht hinter dir. Zusammen schaffen wir das, da bin ich ganz sicher.«

»Hoffentlich«, murmelt Florian kaum hörbar. Die Bande hat ihn so lange gequält, dass er jetzt nur schwer glauben kann, sie wirklich bald los zu sein. Aber es ist das erste Mal, dass er nicht das Gefühl hat, allein zu sein. Deswegen nimmt er sich zusammen, schluckt seine Angst hinunter und sagt tapfer: »Dann sollten wir uns jetzt wohl auf den Weg machen.«

Florian geht alleine vor, damit die Bande, die ihn vielleicht schon hier beschattet, nicht merkt, dass er nun Unterstützung hat. Jan und Charlotte folgen ihm in einigem Abstand auf der anderen Straßenseite. Sie versuchen sich zu unterhalten, damit es so aussieht, als achteten sie gar nicht auf den Jungen, der zufällig den gleichen Weg einschlägt wie sie selbst. So recht will ihnen das aber nicht gelingen.

Plötzlich saust ein Junge auf einem Fahrrad so dicht an ihnen vorbei, dass er Jans linke Seite streift. »Pass doch auf!«, schreit Jan ihm hinterher, aber der Junge dreht sich nur grinsend um, hebt die Hand und streckt seinen Mittelfinger in die Luft.

»So ein Blödmann!«, empört sich Charlotte, aber weiter kommt sie nicht, denn jetzt hat der Junge Florian erreicht. Mit quietschenden Bremsen bringt er sein Fahrrad direkt vor ihm zum Stehen. Was will der von Florian? Langsam gehen sie weiter, um die Aufmerksamkeit des anderen nicht auf sich zu lenken.

Der Junge steht jetzt dicht vor Florian und redet mit ihm. Florian schaut verängstigt zu Boden und nickt ab und zu. Leider können Jan und Charlotte nicht verstehen, was der Junge sagt. Als sie auf Florians Höhe angekommen sind, hält Charlotte es nicht mehr aus.

»Hallo, Florian!«, ruft sie laut und wechselt die Straßenseite, bevor Jan sie zurückhalten kann. »Was machst du denn hier? Ich hab dich von hinten gar nicht erkannt.« Sie tritt zu Florian, der ihr einen verwirrten Blick zuwirft, und sieht den Jungen auf dem Fahrrad herausfordernd an.

»Deine Freundin?«, fragt der höhnisch grinsend.

»Florian und ich singen zusammen im Chor«, antwortet Charlotte kalt.

»Im Chor, na, das ist die richtige Beschäftigung für kleine Klugscheißer wie euch.« Der Junge mustert Charlotte böse.

»Und was geht dich das an?«, fragt Jan, der zu den anderen beiden getreten ist.

»Was wird das denn hier? Treffen der Kindergartenkinder? Dann spielt mal schön zusammen.« Er steigt auf sein Fahrrad. Bevor er davonfährt, ruft er Florian noch zu: »Vergiss unsere Verabredung nicht!« Gleich darauf ist er um die nächste Straßenecke verschwunden.

»Was wollte der denn von dir?«, will Charlotte wissen.

»Mich an das Treffen erinnern und gucken, ob ich schon unterwegs bin«, murmelt Florian. »Gut, dass ihr dazugekommen seid, sonst hätte ich hier schon ein paar Ohrfeigen kassiert.«

»War doch Ehrensache«, wiegelt Charlotte verlegen ab.

»Los jetzt, wir müssen weiter«, mischt sich Jan ein. »Wir gehen noch ein Stück zusammen, dann biegen Charlotte und ich ab und hängen uns an der nächsten Straßenecke wieder unauffällig an dich dran.«

»Wir sehen uns dann morgen beim Chor!«, ruft Charlotte kurz darauf Florian zu und geht mit Jan auf die andere Straßenseite. Sie winken noch einmal, während Florian zögernd geradeaus weitergeht.

Jan und Charlotte beschleunigen ihre Schritte, machen einen kleinen Umweg und treffen einige Häuserblocks weiter wieder auf die Straße, die sie eben verlassen haben. Sie entdecken Florian ein gutes Stück voraus. Als der den Waldrand erreicht, bleiben die beiden Freunde kurz stehen.

»Warte mal«, sagt Jan leise zu Charlotte. »Vielleicht haben sie eine Wache aufgestellt, die ein Zeichen gibt, wenn Florian auftaucht.«

Plötzlich kommt Charlotte ein Gedanke: »Was ist denn, wenn diese Wache auf ihrem Platz bleibt, damit die Bande keinen ungebetenen Besuch bekommt?«

»Mist«, schimpft Jan, »bestimmt stellen die Wachen auf. Schließlich wollen sie keine Zeugen, wenn sie Florian quälen.«

Charlotte packt ihn am Arm. »Wir müssen uns schnell etwas überlegen.«

Jan runzelt die Stirn und denkt angestrengt nach. »Sicher werden sie höchstens einen oder zwei Jungs als Wache aufstellen. Ich denke, sie bewachen den Weg, der am Steinbruch vorbeiführt, in beide Richtungen, damit ihnen keine Spaziergänger in die Quere kommen. Sie rechnen ja nicht damit, dass jemand Florian beschützen will.«

Charlotte nickt. »Also schlagen wir uns quer durch den Wald. Wenn wir hier langgehen, kommen wir an der Rückseite des Steinbruchs raus. Von da können wir alles überblicken und eingreifen, sobald die Bande Florian bedroht.«

Sie kämpfen sich durch Sträucher und kniehohes Gras, springen über kleine Bäche und klettern über Baumwurzeln. Keuchend und verschwitzt kommen sie schließlich an den Rand einer kleinen Lichtung.

»Da drüben ist der Steinbruch«, flüstert Charlotte.

Vorsichtig schleichen sich die beiden näher heran und kriechen schließlich auf dem Bauch bis an den Rand des Steinbruchs. Sie liegen nun an einem steil abfallenden Felsen und können von hier aus tatsächlich das ganze Gelände überblicken. Charlotte stößt Jan so heftig in die Seite, dass er fast laut aufgeschrien hätte, aber er kann sich im letzten Moment beherrschen. Wortlos deutet Charlotte in die Tiefe.

In der Mitte des alten Steinbruchs, eingeschlossen von hohen Felswänden, steht Florian, umringt von vier der Jungs aus der zehnten Klasse.

»Sie haben tatsächlich zwei Wachen aufgestellt«, wispert Charlotte.

»Wer waren die beiden vorhin?«, hört Jan einen Jungen fragen, den er als den ekligen Typen mit dem Fahrrad erkennt.

»Das waren meine Freunde«, ertönt leise Florians Stimme.

»Freunde?«, höhnt der andere. »Du hast doch gar keine Freunde.«

Jan ist erstaunt, dass sie von hier oben jedes Wort mithören können, das unten gesprochen wird. Florian muss der Bande erklären, woher er Charlotte und Jan kennt und warum die beiden ausgerechnet heute Nachmittag aufgetaucht sind. Er redet leise und sehr umständlich.

Charlotte und Jan robben ein Stück vom Abhang weg.

»Er macht das wirklich super«, wispert Charlotte, »aber es wird Zeit, dass die anderen auftauchen.«

Jan nickt und sucht den gesamten oberen Rand des Steinbruchs ab, weil er denkt, dass sich die anderen ein ähnliches Versteck gesucht haben könnten. Aber er kann niemanden entdecken.

»Lange können wir nicht mehr warten«, flüstert Charlotte. »Aber wir beide alleine können auch nichts ausrichten. Hoffentlich kann Florian die Bande noch ein wenig hinhalten.«

»Wie kommen wir denn nach unten, wenn es ernst wird?«, fragt Jan.

Charlotte deutet auf einen schmalen Trampelpfad, der einmal um den Steinbruch herumführt. »Dort hinten sind ein paar Stufen, da ist man ganz schnell unten«, grinst sie.

Sie robben wieder näher an den Abhang heran, damit sie nichts von dem verpassen, was unten gesprochen wird. Gerade als sie sich so weit vorgeschoben haben, dass sie alles verstehen können, zerreißt ein elektronisches Piepsen die Stille des Waldes.

Der Kampf

Sofort beginnt Jan hektisch in seiner Hosentasche zu kramen und versucht gleichzeitig rückwärts vom Abhang wegzukommen. Da er auf dem Bauch liegt, ist das ziemlich schwierig. Charlotte sieht ihm fassungslos dabei zu. Endlich gelingt es Jan, sein Handy aus der Hosentasche zu ziehen, und das Geräusch verstummt.

»Jan Lorenz«, flüstert Jan ins Telefon. Er sieht Charlotte wild mit dem Arm rudern und verschwindet schnell mit dem Handy am Ohr hinter einer dichten Hecke.

Charlotte atmet auf. Sie drückt sich flach auf den Boden und späht den Abhang hinunter. Ob die Jungs etwas von dem Lärm hier oben mitbekommen haben? Florian steht immer noch mit gesenktem Kopf vor den anderen drei Jungen. Einer von ihnen scheint mit ihm zu sprechen, aber er flüstert, sodass Charlotte nichts verstehen kann. Die anderen beiden mustern aufmerksam die Felswände. Die anderen beiden? Vorhin waren sie doch noch zu viert! Charlotte hält einen Moment den Atem an und lauscht. Dann schiebt sie sich so schnell und leise wie möglich vom Abhang weg. Sobald sie außer Sicht ist, springt sie auf und rennt zu Jan. Der hat das Handy noch in der Hand, als sie ihn am Arm packt und aufgeregt flüstert: »Sie haben das Handy gehört und einer von denen sucht uns jetzt.«

Jan starrt Charlotte bewegungslos mit weit aufgerissenen Augen an.

»Wir müssen uns verstecken«, zischt sie und zieht ihn hinter sich her ins Dickicht. Dort kauern sie sich hinter einen umgestürzten Baum und lauschen mit klopfenden Herzen. Es dauert nicht lange, bis sie Schritte auf dem Trampelpfad hören. Kurz darauf können sie einen der Jungs erkennen. Er sucht das Gelände zwischen dem Trampelpfad und dem Abhang des Steinbruchs gründlich ab. Auf die andere Seite des Pfades, wo der Wald dichter und undurchdringlicher wird, achtet er zum Glück nicht.

»Puh, das ist ja gerade noch mal gut gegangen!«, seufzt Jan, als der Junge außer Sicht ist.

Charlotte nickt. »Was war denn überhaupt los?«

»Jonas war dran«, antwortet Jan. »Er wollte wissen, wo wir sind. Sie sind mit den Hunden in Richtung Steinbruch gelaufen und auf einen von der Bande gestoßen, der ihnen den Weg abschneiden wollte.«

»Die Wache!«, wirft Charlotte ein. »Und?«

Jan grinst. »Als er die beiden Hunde gesehen hat, war er wohl nicht mehr so cool, aber Martin, Jonas und Pauline haben eingeschüchtert getan und sind ein Stück zurückgegangen. Dann haben sie sich in den Wald geschlagen. Ich habe versucht, ihnen zu beschreiben, wo wir ungefähr sind. Eigentlich müssten sie bald da sein.«

»Dann warte du hier auf sie«, bestimmt Charlotte und springt auf. »Ich krieche wieder an den Felsen vor. Wir müssen unbedingt mitkriegen, was sie mit Florian machen.«

Unten im Steinbruch hat sich nichts verändert, außer dass der vierte Junge jetzt auch wieder da ist. Unruhig und ungeduldig beobachtet Charlotte, wie die Bande langsam immer näher an Florian heranrückt. Der versucht zurückzuweichen, aber direkt hinter ihm ist die Felswand. Obwohl Charlotte so weit weg ist, dass sie sein Gesicht nicht erkennen kann, ist sie sich sicher, dass er schreckliche Angst hat.

»Wir kommen gleich, Florian, halte noch ein bisschen durch«, flüstert sie vor sich hin, als könnte sie Florian damit erreichen.

»Was sagst du?«, fragt da eine Stimme neben ihr.

Charlotte fährt vor Schreck zusammen. Neben ihr an der Kante des Felsens liegt Pauline, ebenfalls auf dem Bauch, und schaut vorsichtig hinunter.

»Die haben ihn ja ganz schön in die Zange genommen«, bemerkt sie.

»Was du nicht sagst!« Charlotte ist wütend. »Erst kommt ihr ewig nicht, dann seid ihr so blöd und ruft auf Jans Handy an und jetzt schleichst du dich ran und machst auch noch dämliche Sprüche.«

»Ist ja schon gut, reg dich nicht auf«, beschwichtigt Pauline sie.

»Ich rege mich aber auf«, schimpft Charlotte so leise sie kann. »Wir müssen sofort was unternehmen! Guck dir doch an, wie es um Florian steht. Ich hab ihm fest versprochen, dass wir ihm helfen.«

Pauline legt warnend den Finger auf den Mund. »Die Jungs sind schon unterwegs. Jan und Martin gehen mit Mäxchen links, Jonas mit Merlin rechts runter. Und wir?«

»Beide zu Jonas«, entscheidet Charlotte.

Sie robben vorsichtig vom Abhang weg, springen auf, als sie den Trampelpfad erreichen, und rennen, so schnell und gleichzeitig so leise sie können, nach rechts den Weg hinunter. Unten wartet Jonas mit Merlin hinter einem Felsvorsprung.

»Psst«, zischt er, als Charlotte und Pauline angerannt kommen.

Jetzt hören sie die Stimmen der Bande. »Mach bloß kein Theater«, sagt einer von ihnen verächtlich. »Das mit dem Geld aus eurer Kindersingenkasse hat doch super geklappt.«

»Und jetzt greifst du eben in die Klassenkasse«, wirft ein anderer ein.

Die drei hinter dem Felsen hören Florian leise schluchzen. In Charlotte steigt eine solche Wut auf, dass sie sich kaum noch beherrschen kann. Am liebsten wäre sie in den Steinbruch gerannt und hätte den Jungs ordentlich die Meinung gesagt.

»Wir müssen auf das Zeichen von Jan und Martin warten«, mahnt Pauline und hält ihre Schwester fest. Angespannt lauschen sie auf die Stimmen.

»Und heul bloß nicht«, höhnt ein anderer Junge jetzt. »Nützt dir sowieso nichts. Denk daran, was wir sonst mit deiner lieben kleinen Schwester machen!«

»Was macht ihr denn mit seiner Schwester, wenn Florian nicht tut, was ihr wollt?«

Das ist Jans Stimme! Die drei in der Felsnische stürzen aus ihrem Versteck und bauen sich mit Merlin an dieser Seite des Eingangs zum Steinbruch auf. Auf der anderen Seite stehen Jan und Martin mit Mäxchen und sehen die vier großen Jungs herausfordernd an. Die sind einen Moment lang sprachlos vor Erstaunen.

»Ich dachte, Maik und Patrick halten Wache«, zischt einer. Ein anderer zuckt mit den Schultern. »Diese Versager!«, murmelt der dritte. Aber dann besinnen sie sich schnell wieder auf das, was sie können und was sie schon die ganze Zeit mit Florian gemacht haben. Sie gehen drohend auf die fünf Kinder zu, zwei in Richtung Martin und Jan und zwei in Richtung Charlotte, Pauline und Jonas. Mit diesen Zwergen werden sie doch spielend fertig!

»Was wollt ihr?«, fragt einer der Bande und bleibt ein paar Schritte vor Jan stehen.

»Wir wollen, dass ihr Florian in Ruhe lasst, und zwar für immer«, sagt der mutig und macht sogar noch einen Schritt auf den Jungen zu. Der ist anscheinend der Anführer der Bande.

»Und außerdem wollen wir das Geld zurückhaben, das Florian euch gegeben hat. Es gehört dem Chor!« Auch Charlotte macht jetzt noch einen Schritt nach vorne.

Der Anführer der Bande lacht höhnisch. »So so, das wollt ihr also.« Er geht jetzt zu Charlotte hinüber und bleibt erst ganz dicht vor ihr stehen. »Und warum sollten wir das tun, was ihr wollt?«, fragt er leise und blickt von oben auf sie hinunter.

»Weil wir sonst unsere Hunde auf euch hetzen«, antwortet Charlotte ebenso leise und hält seinem Blick stand.

»Jetzt hör mir mal gut zu, Kleine«, zischt der Junge und packt Charlotte am Arm. Weiter kommt er nicht, denn in diesem Augenblick stürzt sich Merlin auf ihn und schnappt mit festem Biss nach seinem Hosenbein. Der Junge schreit auf und lässt Charlotte los. Er flucht und schimpft und tritt nach dem Hund, der immer noch an seinem Hosenbein hängt. Dabei stolpert er schließlich und fällt hin. Merlin lässt die Hose los und setzt sich neben dem Jungen auf den Boden. Als der versucht aufzustehen, knurrt er bedrohlich und schnappt nach ihm, sodass ihm nichts anderes übrig bleibt, als sich nicht zu rühren. »Jetzt steht doch nicht rum, sondern macht was!«, schreit er den anderen Jungen zu, die das Schauspiel bewegungslos mitangesehen haben. Aber in diesem Moment gehen die fünf Kinder zum Angriff über. Charlotte und Jonas stürzen sich auf den einen, Martin und Jan gehen mit Mäxchen auf den anderen Jungen los. Pauline versucht es allein mit dem dritten aufzunehmen, der aber viel größer und stärker ist als sie. Der Junge greift nach ihren Handgelenken und dreht Pauline die Arme auf den Rücken.

Charlotte und Jonas ist es gelungen, ihren Gegner so zu umklammern, dass er sich kaum noch rühren kann. Sie zwingen ihn zu Boden, müssen ihn aber beide mit aller Kraft festhalten, damit er nicht wieder auf die Beine kommt. Jan und Martin haben den Jungen, der auf ihrer Seite des Steinbruchs stand, gemeinsam mit Mäxchen an den Felsen gedrängt. Der große Hund bellt wie rasend und fletscht die Zähne, sobald der Junge auch nur die kleinste

Bewegung macht. Martin fasst Merlin am Halsband und befiehlt dem Anführer der Bande, sich neben seinen Kumpel zu stellen. So werden die Jungs jetzt von den beiden Hunden in Schach gehalten.

Pauline wehrt sich inzwischen nach Leibeskräften. Sie kratzt, beißt und tritt, aber es hilft nichts. Als sie schon fast keine Kraft mehr hat, schreit der Junge plötzlich auf und lockert den Griff um ihre Handgelenke, sodass sie sich aus seiner Umklammerung lösen kann. Florian, auf den keiner mehr geachtet hat, ist dem Jungen von hinten auf den Rücken gesprungen und reißt an seinen Haaren. Der Junge schreit vor Schmerz und versucht Florian abzuschütteln, aber der krallt sich nur noch fester in die Haare. Pauline kann den Jungen jetzt mit einigen gezielten Stößen in Richtung Felswand schieben. Als er neben den anderen aus der Bande steht, lässt Florian endlich von ihm ab.

»Danke, das war Rettung in letzter Sekunde«, grinst Pauline und streckt ihm die Hand hin.

»Eigentlich wollte ich das gerade sagen«, meint Florian, lächelt schüchtern und schlägt ein.

Auch Charlotte und Jonas haben ihren Gegner mittlerweile zur Felswand bugsiert. Da stehen die vier Jungs nun mit dem Rücken zur Wand und können sich nicht rühren, weil die Hunde wild kläffend vor ihnen auf und ab laufen und bereit sind, sofort zuzubeißen, wenn einer der Bande versuchen sollte zu fliehen.

Martin, Jonas und Jan bauen sich vor den Erpressern auf und verschränken die Arme vor der Brust.

»Was habt ihr mit den beiden verabredet, die Wache halten?«, will Jan zuerst wissen. Keiner der Jungs antwortet.

»Mäxchen, komm her!«, befiehlt Jan da.

Charlotte macht große Augen, als der Hund sofort schwanzwedelnd zu ihm läuft und sich streicheln lässt. Jan lässt sich nicht den kleinsten Augenblick lang anmerken, dass er eigentlich auch ein bisschen Angst vor dem großen Hund hat. Er nimmt Mäxchen an die Leine und geht mit ihm auf den Anführer zu. Dicht vor ihm bleibt Jan stehen. Mäxchen knurrt drohend.

»Was habt ihr verabredet?«, fragt Jan noch einmal.

Der Junge starrt erst Jan an, dann den Hund. »Wir treffen uns später am Waldrand«, presst er dann zwischen den Zähnen hervor.

»Wann später?« Jan macht noch einen Schritt auf ihn zu, sodass Mäxchens Nase jetzt das Bein des Jungen berührt.

»Halb sechs«, japst der.

»Kommen wir nun zur wichtigsten Frage des Tages«, mischt sich Pauline ein, die mit Charlotte und Florian etwas abseits gestanden hat. »Wo ist das Geld aus der Chorkasse?«

Jetzt stehen alle sechs Kinder vor der Bande und machen drohende Gesichter.

»Ihr solltet uns besser sagen, wo das Geld ist, sonst werden wir nämlich auf der Stelle zur Polizei marschieren und ihnen alles erzählen«, droht Charlotte.

»Wenn ihr das macht, ist erst mal euer sauberer kleiner Freund dran«, kontert der Anführer der Bande hochmütig.

»Der hat schließlich das Geld geklaut«, stimmt ihm ein anderer zu.

»Aber nur, weil ihr ihn dazu gezwungen habt«, erwidert Martin kalt. »Das wird die Polizei sicher interessieren. Wenn die erfährt, was ihr die ganze Zeit über mit Florian gemacht habt, dann fliegt ihr mit Sicherheit von der Schule, wenn ihr nicht sogar vor Gericht müsst.«

»Schließlich seid ihr alle über sechzehn«, wirft Jonas ein. Er kennt sich aus, weil sein Vater Anwalt ist.

Die vier Jungs sehen jetzt schon gar nicht mehr so selbstsicher und hochmütig aus.

»Ihr habt also die Wahl«, fasst Pauline zusammen. »Entweder ihr sagt uns, wo das Geld ist und lasst Florian und auch jeden anderen in Zukunft in Ruhe, oder wir gehen sofort zur Polizei und sagen dort, was wir über euch wissen.« Die sechs Kinder schauen ihre Gegner herausfordernd an.

»Ich sag euch, wo das Geld ist«, murmelt schließlich einer der Jungs, der ziemlich blass im Gesicht ist.

»Wie bitte?« Charlotte macht einen Schritt nach vorne und hält sich eine Hand ans Ohr. »Ich hab dich nicht richtig verstanden.«

»Ich sag euch, wo das Geld ist«, sagt der Junge jetzt lauter.

»Warum hältst du nicht einfach das Maul?«, brüllt der Anführer. Am liebsten hätte er seinen Kumpel sicher verprügelt, aber da sitzen diese beiden riesigen Köter und knurren.

»Wir hören«, sagt Jan gnädig.

»Ein bisschen was haben wir schon ausgegeben, aber wirklich nicht viel. Den Rest haben wir versteckt«, sagt der blasse Junge jetzt.

»Und wo?« Charlotte wird ungeduldig. »Jetzt rede endlich!«

»Da hinten, unter dem großen Steinhaufen.« Er deutet mit dem Kopf hin.

Martin und Jonas gehen sofort hinüber und fangen an, die Steine beiseite zu räumen.

»Verräter!«, stößt der Anführer hervor und spuckt in hohem Bogen aus, aber niemand achtet auf ihn.

»Was hattet ihr denn mit dem restlichen Geld vor?«, fragt Charlotte die Jungs der Bande.

»Gespendet hätten wir es bestimmt nicht«, faucht der Anführer.

»Wir wollten uns Klamotten und Sachen für die Fahrräder kaufen«, sagt jetzt ein anderer mit gesenktem Kopf. »Aber wir mussten ja noch eine Weile warten und konnten immer nur ein bisschen Geld holen, sonst wäre es zu sehr aufgefallen.«

»Und dafür habt ihr einen kleineren Jungen monatelang gequält?« Pauline ist fassungslos. »Für Klamotten und irgendwelche Fahrradteile?«

Der Junge sieht aus, als würde er mit den Tränen kämpfen. »Olli hat uns angestiftet. Er hat gesagt, es könnte nichts passieren und so leicht würden wir nie wieder an Geld kommen.«

»Und selbst denken könnt ihr wohl gar nicht?«, herrscht Charlotte den Jungen an, dem jetzt tatsächlich die Tränen über die Wangen laufen. »Wie kann man nur so feige sein und mitmachen, wenn ein anderer gequält und erpresst wird?«

In dem Augenblick stößt Martin einen Schrei aus. »Wir haben es!«, ruft er laut und hält eine große braune Geldtasche in die Höhe. Jonas reißt Martin die Tasche aus der Hand und macht sie auf.

»Es ist ziemlich viel Geld drin«, verkündet er. »Aber wir müssen in Ruhe nachzählen und von Herrn Brauner erfahren, wie viel überhaupt drin war.«

Als Florian hört, dass das Geld noch da ist, ist er so erleichtert, dass er Charlotte um den Hals fällt. »Danke«, flüstert er und drückt sie kurz an sich.

»Haben wir gern gemacht«, flüstert Charlotte zurück.

Jan wendet sich inzwischen wieder der Bande zu. »Ihr werdet uns jetzt noch versprechen, dass ihr weder Florian noch sonst irgendjemanden je wieder belästigt«, verlangt er, »sonst gehen wir doch noch zur Polizei!«

Drei der Jungs nicken sofort mit den Köpfen.

»Nicken reicht nicht«, findet Pauline. »Sagt laut, dass ihr versprecht, nie wieder jemanden zu quälen.«

»Ich verspreche, nie wieder jemanden zu quälen«, wiederholt der Junge, der eben schon geweint hat, leise. Auch der, der das Versteck verraten hat, gibt sein Versprechen und der dritte Junge schließt sich an. Nur der Anführer schweigt verbissen. Charlotte pfeift nach Merlin, der sofort zu ihr kommt und sich erwartungsvoll neben sie setzt.

»Soll ich mit meinem Hund ein bisschen näher kommen, damit ich auch gut verstehe, was du sagst?«, fragt sie den Jungen. Der schaut sie verächtlich an und presst dann zwischen zusammengebissenen Zähnen hervor: »Ich verspreche es auch.«

»Ihr könnt jetzt auf eure Fahrräder steigen, eure Kumpel einsammeln und verschwinden«, sagt Jan zu den Jungs der Bande. »Aber wenn ihr euer Versprechen brecht, dann könnt ihr sicher sein, dass wir sofort zur Polizei gehen und doch noch verraten, warum das Geld aus der Chorkasse verschwunden ist und was ihr mit Florian gemacht habt.«

Dann treten die sechs Kinder zur Seite. Charlotte und Jan halten Merlin und Mäxchen am Halsband fest, sodass die

Erpresser zu ihren Fahrrädern gehen können. Sie schwingen sich rasch in die Sättel und radeln davon. Die sechs Kinder starren ihnen noch hinterher, als die Bande schon längst zwischen den Bäumen verschwunden ist.

Doch plötzlich reißt Charlotte die Arme in die Luft. »Wir haben es geschafft!«, jubelt sie in die Stille hinein, »Wir haben es tatsächlich geschafft!« Sie fällt Pauline und den Freunden der Reihe nach um den Hals.

Dann überlegen sie alle gemeinsam, was jetzt zu tun ist. Martin hat die Geldtasche auf dem Schoß und zählt die Scheine, die darin sind.

»Achthundertunddreißig Euro in Scheinen«, verkündet er schließlich. »Und Münzen, aber die zähle ich jetzt nicht.«

»Ich bin gespannt, wie viel fehlt«, meint Jan.

»Bestimmt nicht viel«, sagt Pauline, »die haben doch höchstens das ausgegeben, was sie unter sich verteilt haben, als Florian ihnen die Geldtasche gegeben hat.«

Nachdenklich betrachten alle das viele Geld, das Martin in den Händen hält.

»Und was machen wir jetzt damit?«, bricht Jan schließlich das Schweigen.

»Einer von uns geht damit zu Herrn Brauner und steckt es ihm in den Briefkasten«, schlägt Charlotte vor. »Dann ist es wieder da und alles ist vergessen.«

»Hm.« Jan runzelt die Stirn.

»Hast du was dagegen?«, will Charlotte wissen.

»Na ja«, meint Jan verlegen. »Es ist doch so, dass immer noch viele denken, ich hätte das Geld genommen. Und wenn es jetzt morgen einfach so wieder da ist, bleibt das wohl auch weiterhin so.«

Florian schluckt, blickt erst von einem zum anderen und schaut dann zu Boden. »Ich werde das Geld zu Herrn Brauner bringen und mich dafür entschuldigen, dass ich es genommen habe«, sagt er dann. »Ich möchte ihm erklären, warum ich ein Dieb geworden bin. Er soll nicht denken, dass Jan es war, und die anderen Kinder auch nicht. Er vertraut doch dem Chor, und wenn ich jetzt das Geld nur in den Briefkasten stecke, dann kann er das nicht mehr.« Florian kämpft mit den Tränen, als er wieder aufblickt. »Würdet ihr vielleicht mitkommen?«, fragt er dann leise.

Die anderen nicken sofort. Sie sind ehrlich beeindruckt, weil Florian das, was er getan hat, wirklich wieder gutmachen will und sich nicht vor dem Gespräch mit Herrn Brauner drückt.

»Am besten, wir machen uns gleich auf den Weg«, entscheidet Pauline und steht auf.

»Und was ist mit den Hunden?«, will Martin wissen. Mäxchen und Merlin, die bis jetzt brav neben den Kinder gelegen und abgewartet haben, springen ebenfalls auf und wedeln fröhlich mit dem Schwanz.

»Die müssen mit«, meint Charlotte. »Wir haben keine Zeit mehr, sie noch ins Tierheim zu bringen.«

»Außerdem ist es besser, wenn sie bei uns sind, solange wir mit so viel Geld durch die Gegend laufen«, stimmt Jonas ihr zu. »Wir müssen eben nachher bei Friedrich anrufen und ihm die ganze Sache erklären.«

Das Geständnis

Die sechs Kinder machen sich begleitet von den beiden großen Hunden auf den Weg zu Herrn Brauner. Sie haben eine ziemlich lange Strecke vor sich, weil sie erst durch den Wald und dann noch quer durch das Neubaugebiet laufen müssen. Zuerst reden sie nicht viel, denn jeder ist mit seinen eigenen Gedanken beschäftigt und geht noch einmal die aufregenden Ereignisse dieses Tages durch.

Charlotte beschäftigt noch etwas anderes. Seitdem sie weiß, dass Florian das Geld genommen hat, geht ihr eine Frage im Kopf herum, die sie einfach nicht mehr loslässt. »Wie bist du eigentlich an das Geld herangekommen, Florian?«, fragt sie in die Stille hinein.

Die anderen bleiben abrupt stehen und starren sie an. Florian wird rot und auch Charlotte senkt verlegen den Kopf.

»Ich mein ja nur«, murmelt sie verschämt, »ich frage mich das schon die ganze Zeit.« Jetzt sieht sie Florian direkt an. »Ich habe doch neben dir gestanden und gar nicht gemerkt, dass du zwischendurch weg warst.«

Jetzt ruhen die Blicke seiner fünf neuen Freunde auf Florian. Der schluckt. »Ich war auch nicht weg«, sagt er leise. »Ich bin an dem Tag zu spät zur Probe gekommen. Die Bande hat mir am Parkhaus aufgelauert und mich bedroht. Wenn ich ihnen kein Geld bringen würde, müsste Marie dafür büßen, haben sie gesagt. Ich hatte solche Angst um sie. Als ich in den Probenraum kam, sind gerade die letzten Kinder in den Dom gegangen.« Er hält kurz inne und schaut von einem zum anderen. »Da lag Herrn Brauners Koffer auf dem Tisch. Ich wusste doch, dass er das Geld für die Karten eingesammelt hat. Und dann ging alles ganz schnell. Ich hab den Koffer aufgemacht, die Tasche genommen und sie in meinen Rucksack gestopft. Dann bin ich zur Probe gegangen. Ist dir gar nicht aufgefallen, dass ich viel zu spät war?«

Charlotte schüttelt stumm den Kopf.

»Nach der Probe bin ich als Erster aus der Kirche gelaufen, hab meinen Rucksack geschnappt und mich an Herrn Brauner vorbeigeschummelt«, fährt Florian fort. »Ich wollte nur weg und bin gerannt und gerannt, bis ich zu Hause war. Erst da habe ich begriffen, was ich getan hatte. Am liebsten hätte ich alles rückgängig gemacht. Aber ich konnte doch nicht zu Herrn Brauner gehen und sagen, dass ich die Geldtasche geklaut hatte. Außerdem habe ich geglaubt, die Bande lässt mich und meine Schwester endlich in Ruhe, wenn ich ihnen das Geld gebe. Aber die wollten sofort noch mehr.« Florian stockt und schaut zu Boden.

»Jetzt ist ja alles vorbei«, meint Pauline tröstend.

»Aber was wird Herr Brauner sagen?«, flüstert Florian und an seinem Gesichtsausdruck können die anderen ablesen, wie viel Angst er vor dem Gespräch mit dem Chorleiter hat.

»Wir erklären Herrn Brauner schon, was passiert ist«, sagt Charlotte, »und dass du das Geld sozusagen aus Notwehr genommen hast.«

»Er wird es verstehen«, ist Martin überzeugt.

»Und er weiß auch sicher, wie man den anderen Kindern erklären kann, dass keiner von uns ein gemeiner Dieb ist«, fügt Jan hinzu.

Florian sieht ihn an. »Es tut mir wirklich Leid, dass die anderen dich verdächtigt haben. Ich konnte ja nicht wissen, dass du noch einmal alleine in den Probenraum gehst. Entschuldige bitte!«

Jan ist einen Moment lang so überrascht, dass er nicht weiß, was er sagen soll, aber dann ergreift er Florians ausgestreckte Hand und drückt sie herzlich. »Ist okay«, sagt er nur und lächelt Florian an. Der lächelt erleichtert zurück.

»Jetzt lasst uns aber gehen, je schneller wir das Gespräch mit Herrn Brauner hinter uns bringen, desto besser«, mahnt die vernünftige Pauline.

Je näher sie allerdings dem Haus von Herrn Brauner kommen, desto langsamer werden sie. Ihnen allen wird ein wenig mulmig. Was ist, wenn Herr Brauner ganz anders reagiert, als sie es erwarten? Wenn er überhaupt kein Verständnis für Florians Situation hat und die Polizei holt, obwohl er etwas anderes versprochen hat?

»So etwas tut Herr Brauner nicht!« Pauline fasst sich ein Herz und marschiert entschlossen die Straße hinunter, in der ihr Chorleiter wohnt. Es wird schon langsam dämmrig und die Fenster des Hauses sind hell erleuchtet.

Jan geht vor und ist als Erster an der Haustür. Er atmet noch einmal tief durch und sieht die anderen an. Florian hat sich halb hinter seinen neuen Freunden versteckt und sieht noch blasser aus als sonst.

»Also los«, gibt Pauline das Kommando und Jan drückt kräftig auf den Klingelknopf. Mit klopfenden Herzen stehen sie da und warten.

Als Herr Brauner die Tür öffnet, staunt er nicht schlecht. Sechs Kinder aus seinem Chor stehen verlegen vor ihm. Ihre Hosen und Jacken sind mit Flecken übersät und an ihren Schuhen hängt Dreck. Außerdem haben sie zwei große zottige Hunde dabei, die fröhlich mit dem Schwanz wedeln, als würden sie einen alten Freund begrüßen.

»Herr Brauner, wir müssen ganz dringend mit Ihnen sprechen«, platzt Charlotte heraus, die ihre Ungeduld nicht bezähmen kann.

»Es geht um den Diebstahl«, fügt Jan hinzu. Er sieht Herrn Brauner dabei fest in die Augen.

Der sagt nur: »Na, dann kommt mal rein«, und macht ihnen den Weg frei.

Dicht aneinander gedrängt hocken sich die sechs Freunde im Wohnzimmer aufs Sofa und schauen sich schüchtern um. Mitten im Zimmer steht ein großer schwarzer Flügel, auf dem sich Noten und andere Papiere stapeln. An den Wänden reiht sich ein Regal an das andere und alle sind mit Notenheften und Büchern über Musik gefüllt. Nur an einer Wand stehen keine Regale, dort hängen Geigen verschiedener Bauarten und Größen. Einen Fernseher gibt es nicht, dafür aber eine supermoderne Stereoanlage und einen großen Schrank voller CDs und alter Schallplatten. Herr Brauner, der jetzt mit einem Tablett mit Kakao und Keksen aus der Küche kommt, lächelt, als er die großen Augen der Kinder sieht.

»Greift zu!«, sagt er und deutet auf die Kekse.

Die Kinder lassen sich das nicht zweimal sagen. Für die Hunde hat Herr Brauner eine Schüssel Wasser hingestellt und die Kinder geben ihnen abwechselnd etwas von ihren Keksen ab.

Herr Brauner lehnt sich in seinem Sessel zurück und sagt: »Na, dann schießt mal los. Was habt ihr denn so Wichtiges mit mir zu besprechen?«

Die Kinder sehen sich verlegen an.

»Erzähl du, Pauline«, meint Charlotte, »du kannst das am besten.«

Die anderen nicken und so beginnt Pauline zu berichten. Sie erzählt alles von Anfang an: Wie traurig Jan war, als der Verdacht des Diebstahls auf ihn fiel, wie sie beschlossen haben ihm zu helfen und wie Martin beobachtet hat, dass Florian einer Bande von Erpressern aus der zehnten Klasse das Geld gegeben hat. An dieser Stelle zieht Herr Brauner erstaunt die Augenbrauen hoch und sieht Florian an, der klein und blass zwischen Jan und Martin auf dem Sofa hockt und verlegen zu Boden starrt. Er sagt aber nichts, sondern lässt Pauline weitererzählen. Sie berichtet von ihrem Plan, Florian zu helfen und wie am Anfang alles schief gegangen ist. Schließlich kommt sie zu den Ereignissen des Nachmittags und wie es ihnen gelungen ist, die Bande in die Flucht zu schlagen. Als Pauline fertig ist, glüht nicht nur ihr Gesicht, sondern auch die anderen Kinder haben vor Stolz und Eifer rote Wangen. Alle schauen Herrn Brauner jetzt erwartungsvoll und ein bisschen ängstlich an. Der seufzt einmal tief und reibt sich mit der rechten Hand das Kinn.

»Das ist ja eine tolle Geschichte«, sagt er dann. »Und ihr meint wirklich, dass diese Erpresser Florian jetzt in Ruhe lassen?«

Die Kinder nicken überzeugt.

»Die haben wir in die Flucht geschlagen«, grinst Martin.

»Sie hätten sehen sollen, was die für eine Angst vor den Hunden hatten«, bekräftigt Jan.

»Du kannst wirklich stolz sein, dass du solche Freunde hast«, wendet sich Herr Brauner an Florian.

Der nickt und flüstert dann: »Es tut mir wirklich sehr Leid, dass ich das Geld genommen habe.« Florian laufen Tränen über die Wangen.

Herr Brauner steht auf und wirft Martin, der neben Florian sitzt, einen Blick zu. Der versteht sofort und macht seinen Platz frei. Der Chorleiter lässt sich neben Florian nieder und legt einen Arm um die Schulter des schluchzenden Jungen. »Mir tut es auch Leid, Florian«, sagt er leise. »Es tut mir Leid, dass ich nicht gemerkt habe, dass du Kummer hast und Hilfe brauchst. Ein guter Chorleiter sollte nicht nur darauf achten, dass alle Kinder richtig singen, sondern auch darauf, dass es ihnen gut geht. – Um das Geld brauchst du dir keine Sorgen zu machen. Dank deiner tapferen Freunde und dir ist es ja wieder da.«

»Ja, hier ist es!«, ruft Martin und reicht Herrn Brauner die Geldtasche. »Wir haben es gezählt und hoffen, dass nicht allzu viel fehlt.«

»Dann ist ja alles in Ordnung«, meint der und, an Florian gewandt: »Ich weiß, dass du das Geld nur genommen hast, weil du dir nicht mehr anders zu helfen wusstest. Wir wollen die ganze Sache so schnell wie möglich vergessen.«

Florian schüttelt darauf aber erstaunlich energisch den Kopf. »Die anderen Kinder im Chor glauben doch immer noch, dass Jan das Geld genommen hat«, sagt er leise. »Ich möchte, dass der Chor erfährt, dass er es nicht war.«

Herr Brauner sieht ihn nachdenklich an. »Ich werde den anderen Kindern erklären, was geschehen ist, ohne zu sagen, wer das Geld wirklich genommen hat.«

»Danke!« Florian lächelt erleichtert und auch Jan ist über dieses Versprechen sehr froh.

»Aber wenn das nächste Mal einer von euch Kummer hat«, fügt Herr Brauner noch sehr ernst hinzu, »dann sollte es nicht wieder so weit kommen. Wenn euch irgendetwas bedrückt oder ihr Hilfe braucht, könnt ihr jederzeit zu mir kommen.«

Die Kinder nicken.

»Jetzt wird alles wieder gut«, seufzt Charlotte zufrieden, lehnt sich zurück in das weiche Sofa und trinkt genüsslich ihren Kakao.

Herr Brauner lächelt. »Und was mache ich jetzt mit euch?«, fragt er dann. »Eure Eltern werden sich doch sicher schon Sorgen machen.« Das haben die sechs Detektive über die aufregenden Ereignisse des Nachmittags vollkommen vergessen. »Na, das kriegen wir schon hin«, beruhigt sie Herr Brauner. »Wer von euch wohnt denn am nächsten?«

»Wir«, antworten Charlotte und Pauline wie aus einem Mund.

Herr Brauner telefoniert kurz mit Frau Lehmann und wendet sich dann wieder an die Kinder. »Eure Mutter holt euch gleich ab. Jan nimmt sie auch mit. Und die anderen drei …« Er wendet sich an Martin, Jonas und Florian. »… werde ich nach Hause fahren. – Kommt morgen bitte ganz normal zur Probe, ich werde den anderen Kindern alles erklären.« Er zögert und fügt dann hinzu: »Und falls euch diese Bande noch einmal belästigen sollte, kommt bitte sofort zu mir.«

»Die belästigen keinen mehr«, sagt Martin überzeugt und schiebt mit dem Zeigefinger seine Brille hoch. »Die haben viel zu viel Angst vor uns.«

Die anderen lachen. »Wohl eher vor den Hunden«, wirft Charlotte ein.

Die Hunde! Die Kinder schauen sich entsetzt an. »Die haben wir ja ganz vergessen!« Pauline ist fassungslos. »Sie sollten längst wieder im Tierheim sein.«

»Macht euch um die Hunde mal keine Sorgen, das regeln wir schon«, sagt da eine vertraute Stimme hinter den Kindern. Sie wirbeln herum. Keiner von ihnen hat in der Aufregung das Klingeln gehört.

»Mama!« Charlotte und Pauline fallen ihrer Mutter um den Hals.

»Friedrich hat heute Nachmittag bei uns angerufen, weil ihr mit den Hunden nicht wieder aufgetaucht seid. Wir haben uns große Sorgen gemacht.« Frau Lehmann drückt ihre Töchter fest an sich. »Mit Friedrich habe ich verabredet, dass ihr die Hunde morgen Nachmittag zurückbringt. Jetzt müssen wir uns nur überlegen, was wir solange mit ihnen machen.«

»Wir nehmen sie mit nach Hause!«, jubelt Charlotte, aber Frau Lehmann bremst ihre Freude sofort.

»Du weißt, dass das wegen meiner Allergie nicht geht«, sagt sie.

»Ich kann sie ja mit zu mir nehmen«, schlägt Jan vor.

»Du?« Charlotte will ihren Ohren nicht trauen. »Beide Hunde?«

»Natürlich beide Hunde oder glaubst du, dass ich mit denen nicht fertig werde?«, gibt Jan angriffslustig zurück, obwohl ihm eher etwas mulmig zumute ist. Er hat sich zwar in den letzten beiden Tagen mit Mäxchen angefreundet, aber trotzdem hat er immer noch gehörigen Respekt vor dem großen Hund. Und gleich Merlin auch noch dazu. Aber jetzt hat er so geprahlt, dass er nicht mehr zurückkann.

»Soll ich mit reinkommen und mit deinen Eltern sprechen?«, fragt Frau Lehmann, als sie vor Jans Haus hält.

Der schüttelt den Kopf. »Ist nicht nötig«, sagt er und lächelt. »Ich werde meinen Eltern schon erklären, was heute los war.« Jan nimmt die beiden Hunde und winkt dem davonfahrenden Auto so lange nach, bis er es nicht mehr sehen kann. Dann wendet er sich um und atmet einmal tief durch. Er fasst sich ein Herz und geht auf das Haus zu. Als er noch in seiner Hosentasche nach dem Schlüssel kramt, wird schon die Tür aufgerissen und seine Mutter steht vor ihm.

»Jan!«, stößt sie hervor und drückt ihn dann ganz fest an sich. Jan weiß nicht, wie ihm geschieht. So fest in den Arm genommen hat sie ihn schon sehr lange nicht mehr. Jetzt lässt sie ihn los, sieht ihn an und flüstert: »Wo warst du denn so lange?« Dann fällt ihr Blick auf seine beiden zottigen Begleiter. »Und wo kommen die Hunde her? Was ist denn eigentlich passiert?«

Aber bevor er auf eine ihrer Fragen antworten kann, hört er die Stimme von Carola, die hinter ihnen in der Haustür aufgetaucht ist. »Jetzt bringen Sie den Jungen doch erst einmal herein, er sieht ja ganz verfroren aus. Der Kakao ist noch warm.«

So sitzt Jan wenig später wieder mit einer Tasse Kakao auf dem Sofa. Zu seinem Erstaunen ist nicht nur Carola immer noch da, obwohl sie längst Feierabend hätte, sondern auch sein Vater ist zu Hause. Als Jan ins Wohnzimmer kam, saß er in seinem Sessel und lächelte ihn an. Seit sie in diesem Haus in der neuen Stadt wohnen, hat Papa noch nie in diesem Sessel gesessen. Entweder er ist in der Firma oder er ist so müde, dass er sofort ins Bett geht. Die beiden Hunde haben es sich neben dem Sofa bequem gemacht. Carola wollte sie in die Garage sperren, aber Jan hat heftig protestiert und gedroht, er würde dann auch in der Garage schlafen. Mama hat sich auf die Lehne von Papas Sessel gesetzt und sieht Jan ebenso merkwürdig an wie ihr Mann.

»Wir haben uns Sorgen um dich gemacht, Jan!«, bricht Herr Lorenz nach einer Weile das Schweigen. »Dein Handy war nicht an und niemand wusste, wo du warst.«

Jan erschrickt. Das Handy hat er ganz vergessen. Er hat es ausgestellt, nachdem ihn Jonas am Steinbruch angerufen hatte. Danach hat er vergessen es wieder anzustellen. Um sein schlechtes Gewissen zu verbergen, antwortet er trotzig: »Wenn ihr bei einem meiner Freunde angerufen hättet, dann hättet ihr es herausgefunden. Frau Lehmann zum Beispiel hat gewusst, dass ich mit Charlotte und Pauline verabredet war.«

Charlotte und Pauline? Jans Eltern hören die Namen dieser Mädchen zum ersten Mal. Jan sieht in ihre betroffenen und ratlosen Gesichter und dann bricht es aus ihm heraus. »Ihr könnt natürlich nicht wissen, wer die beiden sind und wie die anderen Freunde heißen, die ich inzwischen gefunden habe, weil ihr mich ja nie fragt, wie es mir hier so geht, in der neuen Stadt und der neuen Schule. Weil ihr nie da seid! Und wenn, dann seid ihr müde. Ohne Charlotte hätte ich hier immer noch keine richtigen Freunde. Die Kinder interessieren sich nur dafür, dass mein Vater den Helm für

Michael Schumacher entwickelt, und wenn sie genug davon gehört haben, lassen sie mich links liegen. Charlotte hat sich um mich gekümmert. Ich singe sogar im Domchor mit, aber noch nicht mal das konnte ich euch bisher erzählen. Wenn Charlotte und die anderen nicht gewesen wären, würden mich immer noch alle für einen Dieb halten, weil ich immer neue Klamotten habe, ein neues Fahrrad und eine neue Stereoanlage. Dabei könnte ich auf diesen ganzen Mist gut verzichten!« Jetzt laufen Tränen über Jans Wangen. Alle Wut und Enttäuschung, die sich im Laufe der Zeit angesammelt haben, brechen nun aus ihm heraus.

Seine Mutter geht zu ihm, setzt sich neben ihn aufs Sofa und zieht ihren Großen an sich. Sie hält ihn fest und streichelt ihm beruhigend über das Haar und den Rücken.

»Es tut mir Leid, dass du so viel Kummer hattest«, sagt sie. »Aber du hättest wissen müssen, dass du auch noch mit uns sprechen kannst, wenn wir müde und abgespannt nach Hause kommen. Du bist uns doch wichtiger als alles andere.«

Jan schaut zweifelnd zu seiner Mutter auf. »Und warum seid ihr dann so wenig zu Hause?«, fragt er mit rauer Stimme.

»Schau, es ist schwierig, als Sängerin ohne festes Engagement«, erklärt seine Mutter geduldig. »Man muss jede Gelegenheit nutzen, sich zu präsentieren, damit die wichtigen Leute merken, wie gut man ist, und man muss sich nach den Proben- und Konzertzeiten der Auftraggeber richten. – Aber jetzt wird das anders.« Sie schiebt Jan ein kleines Stück von sich weg, damit sie ihm in die Augen sehen kann. »Deswegen habe ich heute auch so dringend versucht dich zu erreichen. Ich habe einen Vertrag am Staatstheater bekommen. Erst mal für eine Spielzeit, aber mit Aussicht auf Verlängerung. Das bedeutet feste Probenzeiten und feste Termine für die Abendvorstellungen. Was sagst du dazu?«

Jan kann es noch nicht fassen. Er strahlt seine Mutter an und fällt ihr um den Hals.

»Ich verspreche dir, dass ich von jetzt an mehr Zeit für dich habe«, flüstert Frau Lorenz ihm ins Ohr und drückt ihn fest an sich.

»Darf ich dann auch mal mit meinen Freunden in eine Vorstellung kommen?«, fragt Jan und bekommt vor Aufregung rote Wangen.

»Natürlich, ich freue mich schon darauf, diese Charlotte kennen zu lernen.«

»Pauline musst du auch kennen lernen, das ist nämlich ihre Zwillingsschwester. Und Jonas und Martin. Und Florian. Der hat das Geld aus der Chorkasse genommen, aber nur, weil er von den Jungs aus der Zehnten erpresst worden ist. Aber zuerst haben alle gedacht, ich wäre es gewesen. Nur meine Freunde nicht. Deswegen haben wir ja alles herausgefunden und Florian vor der Bande gerettet. Und das Geld ist auch wieder da.« Es sprudelt nur so aus Jan heraus.

Sein Vater unterbricht ihn lachend. »Immer mit der Ruhe und schön der Reihe nach, Jan«, meint er. »Wir verstehen ja sonst kein Wort. Aber vorher möchte ich dir auch noch ein Versprechen geben.« Er steht feierlich auf und setzt sich auf Jans andere Seite. »Ich verspreche euch beiden, dass ich ab sofort spätestens um fünf Uhr nachmittags zu Hause sein werde und nur noch länger in der Firma bleibe, wenn es gar nicht anders geht.« Er hat den Satz kaum zu Ende gesprochen, als Jan ihm schon jubelnd um den Hals fällt. Auch Frau Lorenz strahlt ihren Mann glücklich an. »Wenn es sich irgendwie einrichten lässt, werde ich an den Abenden, an denen eure Mutter Vorstellung hat, bei euch beiden Jungs zu Hause bleiben«, fügt Papa noch hinzu.

Jan umarmt ihn und seine Frau drückt hinten auf der Sofalehne seine Hand.

»Und jetzt«, sagt Papa dann und richtet sich auf, »jetzt möchte ich gerne die ganze Geschichte von dem Dieb und der Erpresserbande hören. Und vielleicht kannst du dabei auch erwähnen, wie diese beiden Ungetüme hierher kommen«, fügt er noch hinzu und deutet auf die Hunde, die sich zusammengerollt haben und friedlich schlafen.

Ein tolles Team

Am nächsten Tag summt der Probenraum von aufgeregten Kinderstimmen wie ein Bienenstock. Alle sind gespannt, ob das Geld wieder aufgetaucht ist und ihre Aufführung stattfinden kann. Esther mit den dicken Zöpfen steht im Mittelpunkt einer großen Gruppe von Kindern, die durcheinander reden und eifrig Vermutungen anstellen.

»Das hat er doch längst ausgegeben«, behauptet Esther gerade laut mit einem Blick auf Jan, der mit seinen Freunden ein wenig abseits steht.

Jan fühlt sich miserabel. Obwohl er gestern gedacht hat, dass endlich alles gut ist, wäre er jetzt am liebsten aus dem

Saal gelaufen. Er kann es kaum ertragen, dass die anderen ihn immer noch verdächtigen.

Auch Florian fühlt sich mindestens genauso schlecht wie Jan. Jede Bemerkung, die über den Dieb und das Geld fällt, trifft ihn wie ein Messerstich.

Da betritt Herr Brauner den Chorsaal und die Kinder gehen schnell auf ihre Plätze. Charlotte sitzt wie immer in der ersten Reihe ganz außen, Florian still und blass neben ihr.

Bevor der Chorleiter aber irgendetwas sagen kann, ruft Esther vorlaut: »Ist das Geld wieder da, Herr Brauner?«

Herr Brauner räuspert sich, schaut Esther ernst an und sagt dann: »Ja, das Geld ist wieder da.«

Weiter kommt er nicht, denn im nächsten Moment ist der Chorsaal wieder von hellen Kinderstimmen erfüllt. Alle freuen sich, dass das Musical stattfinden kann, aber es gibt auch einige Kinder, die sich nach Jan umdrehen, der in der letzten Reihe neben Martin sitzt und versucht das Getuschel zu ignorieren.

Wieder ist es Esther, die laut ausspricht, was nicht nur sie denkt: »Wie hast du das denn gemacht, Jan? Ich dachte, du hättest das Geld längst ausgegeben.«

Jan springt auf und starrt Esther mit zornfunkelnden Augen an. Doch bevor er etwas erwidern kann, hebt Herr Brauner vorne die Hand und sieht ihn fest an. Der Chorleiter geht selbst auf Esther zu und bleibt dicht vor ihrem Stuhl stehen.

»Ich dulde nicht«, sagt er zwar leise, aber doch laut genug, dass alle Kinder es hören können, »dass in diesem Chor irgendjemand grundlos verdächtigt wird.«

Das Mädchen macht sich auf seinem Stuhl ganz klein,

aber es kann dem scharfen Blick des Chorleiters nicht entkommen.

»Ich werde euch jetzt die Geschichte des Diebstahls erzählen«, fährt Herr Brauner fort. »Und dann kannst du entscheiden, Esther, ob du dich bei Jan entschuldigst oder ob du den Chor lieber verlassen möchtest.« Mit diesen Worten tritt er ein paar Schritte zurück, sodass er jetzt wieder den ganzen Chor überblicken kann. »Zunächst einmal möchte ich klarstellen, dass Jan nichts mit dem Diebstahl zu tun hat. Ich erwarte, dass sich nach dieser Probe alle bei Jan entschuldigen, die ihn für den Dieb gehalten haben. Und damit meine ich nicht nur die, die es laut gesagt haben.«

Die meisten Kinder haben die Köpfe gesenkt, einige sind rot angelaufen. Ein paar Mädchen stehen vor Scham die Tränen in den Augen.

»Einer von euch wird schon seit Monaten von einer Bande bedroht. Zuerst wollten sie nur Süßigkeiten, dann das Taschengeld. Sie haben ihn erpresst und immer mehr gefordert, sodass er letzte Woche ohne nachzudenken nach der Geldtasche gegriffen hat, als die Gelegenheit günstig war. Er hat gehofft, dass die Bande ihn dann ihn Ruhe lässt. Sie wollte aber noch mehr. Zum Glück haben ein paar unter euch herausgefunden, was los ist. Gemeinsam haben sie die Bande überwältigt und das Geld zurückgeholt. – Ich glaube nicht, dass man sagen kann, das Geld wurde gestohlen. Derjenige, der es genommen hat, hat es sich eigentlich nur ausgeliehen, weil er in Not war.« Herr Brauner, der während seiner ganzen Rede vor den Kindern auf und ab gegangen ist, bleibt stehen. »Ich bin sehr stolz darauf, dass in diesem Chor Kinder singen, die so mutig sind, sich mit Älteren und Stärkeren anzulegen, um einem in Not geratenen Freund zu helfen.«

Im Chorsaal ist nach Herrn Brauners ernsten Worten kein Laut mehr zu hören.

»Jetzt wollen wir uns aber wieder anderen Dingen zuwenden. Das Musical findet statt, also müssen wir uns ranhalten. Am Dienstag ist wieder eine Probe mit den anderen Chören zusammen. Schlagt jetzt bitte den Schlusschor auf, da hat es noch ziemlich gewackelt.«

Die Kinder blättern geräuschvoll in ihren Noten und wenig später erklingt der Schlusschor des neuen Musicals. Heute klappt alles ohne Probleme. Am Ende der Probe ist Herr Brauner sehr zufrieden.

Sobald die Probe beendet ist, steht Esther auf und drängelt sich zu Jan durch. Verlegen steht sie vor ihm und bekommt schon wieder einen roten Kopf. Sie druckst ein wenig herum, aber schließlich streckt sie die Hand aus und sagt laut und deutlich: »Es tut mir Leid, dass ich dich verdächtigt habe, Jan.«

Jan schüttelt ihre Hand und damit ist der Bann gebrochen. Nach und nach kommen fast alle anderen Kinder des Chores ebenfalls zu ihm und entschuldigen sich. Als endlich die meisten Kinder gegangen sind, kommt Herr Brauner noch einmal zu den sechs Freunden. Er hat die Zeremonie von seinem Platz aus beobachtet.

»Alles okay?«, fragt er in die Runde, aber die strahlenden Gesichter sind ihm Antwort genug. »Dann können wir uns ja jetzt wieder auf die Musik konzentrieren und müssen keine Diebe und Erpresser mehr jagen«, scherzt Herr Brauner und lächelt.

Florian nickt. »Danke, Herr Brauner«, sagt er mit fester und für ihn ungewohnt lauter Stimme und streckt dem Chorleiter die Hand hin. Der ergreift sie und schüttelt sie lange und herzlich.

»Ihr seid wirklich ein tolles Team«, lacht er dann.

Die Kinder verabschieden sich fröhlich von ihm.

Draußen ist es kalt und es regnet. Jonas und Martin fluchen, weil sie mit den Fahrrädern gekommen sind und durchnässt sein werden, bis sie zu Hause ankommen. »Bis Montag!«, ruft Martin noch und macht sich dann zusammen mit Jonas auf den Weg durch den Regen.

Die Zwillinge stehen mit Jan und Florian noch ein wenig unschlüssig herum.

»Wollen wir uns für das Wochenende verabreden?«, schlägt Charlotte vor.

»Gerne«, stimmt Jan zu. »Am besten, ihr kommt alle zu mir. Dann kann meine Mutter euch kennen lernen und die Hunde können im Garten spielen.«

»Hunde?«, fragen Charlotte und Pauline entgeistert wie aus einem Mund. »Jetzt sag bloß, du hast sie noch nicht ins Tierheim zurückgebracht?«

Jan schüttelt den Kopf und strahlt über das ganze Gesicht. »Ich bringe sie überhaupt nicht mehr ins Tierheim zurück«, sagt er triumphierend. »Sie gehören jetzt nämlich mir.« Er amüsiert sich köstlich über die fassungslosen Gesichter der Zwillinge. »Meine Eltern haben mir erlaubt sie zu behalten, weil sie uns so toll geholfen haben. Außerdem«, fügt er ein wenig nachdenklich hinzu, »haben sie immer noch nicht verstanden, dass man sein schlechtes Gewissen nicht mit Geschenken beruhigen sollte.«

»Also gut, dann kommen wir morgen Nachmittag zu dir«, sagt Pauline.

»Was ist mit dir, Florian, kommst du auch?«, fragt Jan ihren neuen Freund.

Florian sieht ihn betrübt an und schüttelt den Kopf. »Ich kann nicht, ich muss auf meine kleine Schwester aufpassen.«

»Ach, die bringst du einfach mit«, meint Jan. »Sie kann mit meinem kleinen Bruder spielen.«

»Da kommt unsere Straßenbahn«, ruft Pauline und setzt sich in Trab. »Komm, Charlotte, sonst verpassen wir sie! Bis morgen dann!«

Zwei Wochen später wird im Dom das Musical »Josef und seine Brüder« aufgeführt. Pauline glänzt in ihrer Rolle als König von Ägypten und auch die anderen Solisten machen kaum Fehler. Der Chor ist konzentriert und aufmerksam, alle Kinder singen laut und deutlich, sodass die stolzen Eltern, Großeltern, Geschwister und Freunde, die im Publikum sitzen, den Text gut verstehen können.

Herr und Frau Lehmann sitzen gemeinsam mit den Eltern von Jan und seinem kleinen Bruder Moritz in der ersten Reihe und klatschen begeistert Beifall. Natürlich sind auch die Familien von Martin und Jonas da. Mitten im Publikum sitzen auch Frau Bergdorf und Marie, Florians kleine Schwester. Frau Bergdorf hat Tränen der Rührung in den Augen. Sie ist so stolz auf ihren Sohn. Wenn sie daran denkt, was er in den letzten Monaten durchgemacht hat, krampft sich immer noch ihr Magen zusammen. Frau Bergdorf klatscht, so laut sie kann, und die kleine Marie ruft immer wieder Florians Namen.

Herr Brauner, der vor dem Chor steht und sich zusammen mit den Kindern immer wieder verbeugen muss, hört diese Rufe und lächelt in sich hinein. Als er in die strahlenden Gesichter der Chorkinder blickt, findet er, dass sechs von ihnen ganz besonders glücklich aussehen. Und das liegt sicher nicht nur an der gelungenen Aufführung des Musicals.

Rückgabe spä